David Wagner
Was alles fehlt

DAVID WAGNER

Was alles fehlt

Zwölf Geschichten

Piper
München Zürich

ISBN 3-492-04476-X
© Piper Verlag GmbH, München 2002
Gesetzt aus der Stempel-Garamond
Druck und Bindung: Clausen & Bosse, Leck
Printed in Germany

www.piper.de

WAS FEHLT

Wir waren nicht lange verliebt, wir waren gleich zusammen, ich hörte sie atmen, die Kühlschranktür öffnen und durch die Badezimmertür plätschern. Sie war immer da und sagte *komisch, daß zwei so asoziale Gestalten wie wir es miteinander aushalten*. Ich wußte, wann sie ihre Tage hatte und wann es ihr gutging, sie sagte, *sich besser kennenlernen heißt, die schlechten, die unangenehmen Seiten nicht mehr verbergen zu können*. Ich wußte, welche Unterhose sie am liebsten trug, wie oft sie sich die Haare wusch und wieviel Butter sie unter die Marmelade schmierte. Und umgekehrt kannte mich keiner so gut wie sie, sie wußte, wann ich nicht die Wahrheit sagte und wann ich welche Rolle spielte. Wir erzählten uns, was wir erlebt hatten, sie erzählte ihre Träume, und hatte ich nicht von ihr geträumt, baute ich sie, ihr zuliebe, in meine Traumerzählung ein. Sie kochte Kaffee und brachte ihn ans Bett, ich ging die Brötchen kaufen. Sie sagte, *das Stadium, in dem andere bloß verliebt sind, haben wir, glücklicherweise, übersprungen*, unter ihren Honig aus der Provence strich sie Philadelphia, keine Butter, sagte, *ich muß Pfirsichkernpeeling kaufen*, und fragte im nächsten Satz, das war zwei oder drei Wochen nach meinem Einzug, *willst du nur jetzt oder überhaupt nie Kinder?* Ich sagte, *ist die Wohnung nicht zu klein, kennen wir uns gut genug, müßten wir nicht umziehen?* und *weißt du, was das kostet*, sie aber klebte einen Zettel auf die Kühlschranktür, schrieb *was alles fehlt* auf das Papier und malte ein Babygesicht darunter, sie schrieb *Johanniskraut und Parkettpflegemittel kaufen*, *Peeling*, *Reinigungsmilch* und *Fußbad*. Sie stellte alle ihre Nagellackfläschchen in den Kühlschrank, malte ein zweites Babygesicht auf das Blatt und klebte ein aus der Zeitung ausgerissenes Kinderbild daneben, sie schaute durch ihre Küche, sah die schmutzigen Teller, räumte die Spülmaschine aus und füllte Salz nach, sie stellte die Uhr in der Anzeige des Mikrowellenherds und wischte über das Glaskeramikkochfeld. Sie putzte ihr Parkett und rief, weil sie bemerkte, daß das Parkettpflegemittel nicht zum gewohnten Glanz verhalf, beim Hersteller an. Und bekam eine neue Flasche ins Haus geschickt. *Produkte, die mich enttäuschen, tausche ich um*, sagte sie und schickte auch eine Packung belgische Pralinen, deren Schokoladenglasur sich mit einem sonderbaren weißen Belag überzogen hatte, an den Importeur zurück, sie sagte, *ich kenne mein Recht als Kundin*, und hängte das Bild einer Frau, die sie ihre beste Freundin nannte, in den Flur. Die Frau auf dem Bild hielt ein Kind im Arm.

Sie kaufte sich eine Wärmflasche, die in einem Stoffaffen steckte, nahm den Wärmflaschenaffen und ihren Teddybären mit ins Bett und sagte, da wollte sie mich ärgern, *eigentlich wollte ich immer lesbisch sein*, ihre Angora- und Cashmerepullover stopfte sie in Plastiktüten, die Tüten ins Tiefkühlfach, *so schützt man sich gegen Motten, so tötet man alle Mottenlarven*. Mottenlarven fürchtete sie wie Kratzer im Parkett, zu Besuchern sagte sie, *zieh deine Schuhe bitte aus*. Sie selbst lief in Pantoffeln, Stofftierhunden, in die ihre kleinen Füße hineinschlüpfen konnten, durch die Wohnung. Sie rief, *ich will ein Kind*, und sagte, *wenn du nicht willst: ich könnte mir eins aus dem Krankenhaus stehlen, aus der Säuglingsstation, ein kleines braunes Schokokind*, dann sagte sie, *eigentlich bräuchte ich bloß einen Erzeuger, wann, wenn nicht jetzt, oder wartest du auf meine Menopause?* Sie sagte, *ich will ja auf alles verzichten, ich will nicht mehr ausgehen, nicht mehr rauchen und nicht mehr trinken, ich will auch keinen Grund mehr dazu haben*, sie sagte, *ich will ein Kind, ich will mir nicht den Rest meines Leben ausdenken müssen, worauf ich mich freuen könnte, ich will nicht mehr Pläne machen müssen, Zettel schreiben, mir vornehmen, daß der Tag nun anfangen muß. Und mich dafür belohnen, daß ich bis zum Abend durchgehalten habe*. Und wenn sie, wie sie sagte, *bis zum Abend durchgehalten hatte*,

9

belohnte sie sich mit einer Flasche Wein und legte sich in die Badewanne, die mit Meersalzbad aus dem Toten Meer gefüllt war, las ein Taschenbuch und aß eine Packung Negerküsse. Oder einen Barren Marzipan. Und blieb in der Wanne, bis sie aufgeweicht war. Sie hörte die Platten mit der Musik zu Filmen, die ihr gefallen hatten, saß in der Unterhose vor dem Computer und schaute Single Porno Live Chat, sie sagte, *ich suche einen Vater für mein Kind*, empfing SMS-Nachrichten und ließ das Telephon immer wieder klingeln. Manchmal rief sie alle Leute an, die sie kannte. Sie sagte, *ich bereite mich auf meine Mutterschaft vor*, und schob – sie sagte, *in der Bibliothek und im Institut kennt mich sowieso niemand mehr* – ihr Examen auf, sie ging in die Stadtbücherei, lieh sich alte Kinderbücher aus, las Bücher mit Wörtern wie *Umstände* oder *Windeln* im Titel und ließ ihre Hausarbeiten liegen. Sie blieb zu Hause, sagte, *ich schreibe jetzt ein Nutellakochbuch*, und erklärte, *außerdem kannst du dir gar nicht vorstellen, wie das ist, wenn die eigenen Eltern so ehrgeizig und so erfolgreich sind, daß sie einem jeden Platz zur Entfaltung rauben.* Sie blätterte durch Versandhauskataloge, fragte, *brauche ich einen Eierkocher, einen Spaghettitopf, einen Einsatz für den großen Topf, um Gemüse zu dünsten? Muß ich nicht Blumen, Blumenerde, eine neue Klobürste kaufen? Das Sofa neu beziehen lassen?* Sie las mir aus Katalogen vor, las, *Wiener Kalk stand schon immer in höchstem Ansehen und ist zur Reinigung von Edelstahl eigentlich unentbehrlich*, sie sagte, *ich habe einen Honiglöffel bestellt, Zwiebel- und Knoblauchseife, Seife mit Rosenblättern und Zitronengrastee, Kokosölpaste und Bananenshampoo. Bananenshampoo?* fragte ich, und sie erzählte, daß ihr Vater einmal einen Tag lang mit ihr durch Hamburg gelaufen sei, auf der Suche nach dem speziellen Shampoo eines französischen Herstellers, ein Shampoo, das sie nirgendwo finden konnten. Ihr Vater habe ihr schließlich irgendein anderes kaufen wollen, er wollte ihr sogar eines, das über vierzig Mark gekostet hätte, kaufen, sie aber wollte nicht, sie meinte, ihr gefalle, das sei eben so, immer nur das, was sie sich in den Kopf gesetzt habe, *und wenn ich das Beste nicht haben kann, verzichte ich auf das Zweitbeste, weil mir das eben nichts mehr bedeutet. Ich kann auch verzichten*, sagte sie, *und bin, so betrachtet, eigentlich anspruchslos.*

Sie erledigte, was auf ihren Zetteln stand, sie fragte sich, *brauche ich Haarspülung, habe ich nicht etwas in der Reinigung abzuholen, habe ich Bücher bestellt, ist keine Leihfrist abgelaufen? Hat bald jemand Geburtstag? Zu welchem Arzt muß ich gehen, fehlt mir nicht eine Vorsorgeuntersuchung, muß ich zum Friseur, zur Zahnsteinentfernung? Brauche ich eine Überweisung? Ein Rezept, Jarsin 300,* Johanniskrautextrakt, das hochdosiert gegen nervöse Unruhe und depressive Verstimmung wirken sollte, sie sagte, *ist ja bloß ein Stimmungsaufheller, ich kann dann besser schlafen. Haferflocken wirken auch. Und Schokolade.* Sie kaufte sich Milka, machte mittags Mousse au chocolat und aß zum Abendbrot eine Pakkung Dominosteine, sagte, *ich will ein Schokoladenkind, ein Kind, das ich füttern und versorgen kann*, legte sich auf den Teppich, streckte alle viere von sich und sagte, *verwöhn mich, verwöhn mich doch*, und *früher, als wir uns kennenlernten, haben wir auf Baugerüsten gevögelt, heute sehen wir nur zusammen fern.* Wenn wir aber einmal, ausnahmsweise, zusammen fernsahen, wenn sie einmal auf dem Sofa sitzen sollte, sprang sie auf und sagte, *ich back noch schnell ein Bananenbrot.* Sie sagte, und meinte das immer ernst, sie sei *ein Hefefan*, buk Bagels und Käsekuchen mit gutgemeinten vier oder fünf Packungen Frischkäse, Doppelrahmstufe. Und wenn sie zwei oder drei Stücke Kuchen oder vier Scheiben warmes Bananenmandelbrot, auf dem ihr Nutella ganz weich wurde, gegessen hatte, sagte sie, *bald sehe ich wenigstens so aus, als ob ich vier oder fünf Kinder geboren hätte. Und wenn ich wollte, könnte ich dich erdrücken*, sagte sie, *ich bin wie Samson, wie Sesamstraßen-Samson.* Und wenn ich bloß sagte, *ach ja*, sagte sie, *bin ich dir vielleicht zu fett? Willst du vielleicht kein Kind, weil ich zu dick bin?* Und schrie, *du lügst, ich bin keine Elfe, ich bin nicht leicht wie eine Feder*, sie schrie, ganz egal was ich sagte. Sie sagte, *das mit dem Kind ist körperlich, und außerdem*, meinte sie nach einem Anruf ihrer Mutter, *will ich ein Kind, damit ich endlich nicht mehr Tochter sein muß. Mama*, fing sie dann an, das war das Lied, das ich bald kannte, *ist mittags sowieso nie nach Hause gekommen, Mama hat nie für mich gekocht, Mama hat immer gearbeitet, blieb immer in einem ihrer Geschäfte. Mama wollte mehr Umsatz, wollte mehr Parfüm, mehr Unterhosen, BHs und Negligés verkaufen, Mama wollte immer mehr Umsatz machen als mein Vater. Mein Vater verkaufte in seinem Orthopädiegeschäft Beinprothesen und falsche Brüste. Mama wußte immer, daß sie keine gute Mutter war*, noch heute sagt sie am Telephon, hier spricht Isolde, die deine Mutter sein sollte, *solllllde, ganz weich, als ob sie irgend etwas wiedergutmachen wollte. Kam sie mittags, ausnahmsweise, kurz aus einer ihrer Parfümerien nach Hause, brachte sie manchmal, wenn sie daran gedacht hatte, Essen vom Metzger mit.* Das Essen sei lauwarm gewesen, s*onst*, sagte sie, *ging ich mittags immer zur Tankstelle und kaufte mir eine Tafel Schokolade. Geld hatte ich immer, schon als Schülerin, Papa sagte*, für wenn du was Schönes siehst, *und gab mir einen Hundertmarkschein zum Taschengeld hinzu, Taschengeld kam jeden Monat auf mein Konto, Papa verdiente genug, seine Prothesen verkauften sich gut.*

Das mit dem Kind ist körperlich, sagte sie, da sei dieses Ziehen in ihr, sie sagte, *ich will ein Kind, ich kann nicht anders* und *du hast nur Ausreden, es ist nicht so, daß wir nicht Platz genug hätten, du willst bloß nicht, daß jemand anderes kommt, du fürchtest dich vor Konkurrenz, du fürchtest dich bloß.* Und sie sagte, *nein, wir müßten nicht ausziehen, du brauchst doch das Arbeitszimmer nicht, du arbeitest doch sowieso nie,* knallte die Flügeltür und ging ins Schlafzimmer, blieb dann aber nicht lange im Bett. Sie stand auf und fing an, die Tapete im Flur von der Wand zu reißen, erklärte, *das wollte ich schon lange machen, jetzt fange ich an,* sagte, *die Farbe gefällt mir nicht mehr, ich muß mein Leben ändern. Und außerdem, irgend etwas muß ich ja machen mit meinem Leben,* sie schrie, *ich will, daß sich alles ändert, ich will ein Kind –* und als wir, das war nicht viel später, etwas über ein Jahr nach meinem Einzug, beide glaubten, es sei vorbei, weil wir uns, weil wir einander nicht mehr aushielten, weil sie sagte, *vielleicht ziehst du besser aus,* weil sie sagte, *ich brauche doch mehr Platz für mich, vielleicht suchst du dir lieber eine eigene Wohnung,* nahm ich meine beiden Koffer und zog wieder aus. Technisch eine leichte Trennung, die Wohnung, die ihre Eltern gekauft hatten, die Möbel und alle anderen Sachen gehörten ihr, meine Platten und ein paar andere Dinge blieben vorerst da. Sie blieben Wochen, dann Monate in ihrer Wohnung. In der ersten Zeit trafen wir uns oft, dann telephonierten wir nur noch, dann war ich lange unterwegs, dann in

Amerika. Ich sah sie nicht, bis sie mir, das war gestern, androhte, alles auf den Müll zu schmei-ßen, woraufhin ich, weil ich eben Zeit hatte und weil ich sie sehen wollte, zu ihr fuhr. Als sie die Tür, zu der ich noch einen Schlüssel habe, öff-nete, schob sie mir, das war das erste, was ich von ihr sah, ihren Bauch entgegen. Sie grinste. Und sagte, sie sei im sechsten Monat.

Und ich fing an zu rechnen.

DER WASSERSCHADEN

Sie hat sich letztes Jahr umgebracht«, sagt meine Cousine, »sie hat Schlaftabletten aus der Apotheke ihres Vaters genommen, hat Wasser getrunken und sich in den Schlafzimmerschrank ihrer Eltern gesetzt«, meine linke Hand legt sich auf die Bremse zwischen den Sitzen, die rechte faßt den Griff in der Beifahrertür. Und ich denke, ich werde Hanna aus meinem Adreßbuch streichen müssen. Das erste, was ich verdammt noch mal denke, ist, daß ich ein kleines Kreuz hinter ihren Namen malen muß, »sie hat sich letztes Jahr im Frühsommer umgebracht«, sagt meine Cousine, »sie hat Tabletten aus der Apotheke ihres Vaters geschluckt, hat Wasser getrunken und sich in den großen Kleiderschrank ihrer Eltern gesetzt«, und mir fällt ein, daß Hanna sich selbst in mein Adreßbuch eingetragen, ihren Namen und ihre Wiener Anschrift in breiter Kinderhandschrift aufgeschrieben hat, »sie ist unter den Röcken und Kleidern ihrer Mutter, nicht weit von den Anzügen ihres Vaters, gestorben«, sagt meine Cousine, der Wagen wiegt und schaukelt, wir rollen über eine Landstraße, und was meine

Cousine sagt, kommt ohne Gewicht, sie schaltet einen Gang höher und vor der nächsten Kurve wieder zurück, der Motor jault, das Auto schiebt sich nach links und rechts durch die Kurven, und hin und wieder spritzt Rollsplitt vom Straßenrand gegen den Unterboden, die Steinchen stechen in den Autobauch. Hanna ist unter den Kleidern ihrer Mutter, nicht weit von den Anzügen ihres Vaters, gestorben, wiederhole ich mir und erinnere mich an den Tag, an dem ich sie das erste Mal sah: Wir fuhren zu dritt auf zwei Motorrollern über die Grenze nach Tschechien, Tschechei, wie meine Großmutter noch immer sagt, *Grenze* sei ein slawisches Lehnwort, eines der wenigen, die es im Deutschen gebe, sagte meine Cousine und erzählte von dem Volksschullehrer, der immer davor gewarnt habe, dieser Grenze zu nahe zu kommen, er habe gesagt, *wer der Grenze zu nahe kommt, wird von den Russen mitgenommen und nach Sibirien verschleppt*, meinte Hanna, da saß ich hinter ihr auf dem Roller, eine Hand lag auf ihrer Schulter, und die Finger der anderen spielten mit den kurzen, dunklen Haaren in ihrem Nacken. *Hier war einmal Meer, Böhmen lag am Meer, man kann Versteinerungen finden*, sagte sie, und die blonden Locken meiner Cousine wehten neben uns unter ihrem Sturzhelm hervor. Meine Cousine wußte, wo wir anhalten mußten, um ein Paddelboot zu mieten, wir ließen uns durch harmlose Stromschnellen und an Felsen vorbei ein Stück die Moldau hinuntertreiben, *von hier fließt das Wasser erst in die Elbe, dann in die Nordsee*, sagte meine Cousine, *auf der anderen Seite, jenseits der Wasserscheide, fließt es ins Schwarze Meer*, sagte Hanna, sie zog eine Hand durchs Wasser nach und hielt nur ihren Zeichenblock, kein Paddel, in der anderen. Ihre Malsachen ließ sie auch dann nicht los, als das rote Plastikboot an einer seichten Stelle kenterte, weil sie sich zu lange an dem Ast eines Baumes festgehalten hatte, der über das Ufer hinaus ins Wasser hing. Das vollgelaufene Boot mußte ausgeschöpft werden, meine Hose triefte, vier Brustwarzen schauten mich durch nassen T-Shirt-Stoff an, die Sonne trocknete uns wie Wäsche auf der Leine. Hannas Skizzenblock war nicht naß geworden, er hatte in einer durchsichtigen Plastiktüte gesteckt. Hanna zeichnete die Hautabschürfungen auf unseren Beinen, malte kleine, weiße Wolken ins Blau, die Schaumkronen im Wasser, Baumwipfel als grüne Punkte und den Flußlauf der Moldau als Schlangenlinie über das ganze Blatt. In einem Städtchen spazierten wir durch das Schloß, tranken süßes tschechisches Bier und schliefen in einer Pension, in der nur noch ein Zimmer mit einem großen Bett frei gewesen war. Links von mir lagen die langen blonden, rechts die kürzeren schwarzen Haare, Hanna hatte den Block, meine Cousine den Reiseführer auf dem Nachttisch abgelegt. Unter dem offenen Fenster rauschte die Moldau, und ich war schon fast eingeschlafen, da sagte Hanna noch einmal, *von hier fließt alles in die Nordsee*, danach war ihr Murmeln nicht mehr zu verstehen. Immer wenn eine der beiden aufs Klo mußte, wachte ich auf, und irgendwann in der Nacht, als mich ihr Knie berührte, legte ich einen Arm um Hannas Bauch. Am nächsten Tag fuhren wir zurück nach Süden, Hanna hatte keine Lust zu lenken, also fuhr ich ihren Roller, sie saß die meiste Zeit hinter mir, verschränkte ihre Arme unter meinem Brustkorb und ließ mich ihre Muttermale in der rechten Armbeuge sehen. Ab und zu legte sie ihr Kinn auf meine Schulter, manchmal, wenn sie versuchte mir etwas ins Ohr zu sagen, klackerten unsere Helme wie die zweier Taucher tief unter Wasser aneinander. Im Fahrtwind verstand ich auch nach der zweiten oder dritten gebrüllten Wiederholung kein einziges Wort, irgendwann nickte ich ihr nur noch zu und folgte den Schlangenlinien, die meine Cousine auf die Dünung der leeren tschechischen Straßen malte. Links und rechts lagen dunkelgrüne Wiesen wie Süßwasserpriele im Wald, *wir fahren über Meeresgrund, der sich gehoben hat*, sagte meine Cousine und zeigte uns die Gartenzwerge, die es an Tankstellen zu kaufen gab, hin und wieder standen auch Campingtische mit Schraubgläsern voller frisch gepflückter Heidelbeeren an der Straße. Hinter der Grenze, unsere Pässe wurden nur flüchtig gemustert, veränderte sich der Straßenbelag. Wir fuhren ein oder zwei Kilometer, bis meine Cousine anhielt und uns zu einem Felsen führte, der wie eine stehengebliebene Klippe aus der Wiese ragte, *hier verläuft die europäische Wasserscheide*, sagte sie, stellte sich vor den Felsblock und wies von einer Seite auf die andere. Hanna sprach von Tropfen, die sich von hier aus auf die Reise machten, sie zog eine Feldflasche aus ihrem Rucksack, bot mir und meiner Cousine zu trinken an, stellte sich auf die Schwarzmeerseite, sagte, *zwei Wassertropfen, die hier nur Zentimeter voneinander entfernt zu Boden fallen, bringen Tausende Kilometer zwischen sich*, und spuckte erst auf die eine, dann auf die andere Seite. Eine Wasserscheide werde oft durch Gebirgszüge oder Hügelketten gebildet, sagte meine Cousine, mitunter aber, ich glaube, sie wußte das aus ihrem Reiseführer, verlaufe sie auch, fast unmerklich, in einer sumpfigen Tiefebene.

»Sie saß unter den Röcken ihrer Mutter, nicht weit von den Anzügen ihres Vaters, im Schrank«, höre ich meine Cousine sagen, sie spricht gegen das Geräusch der Lüftung und das des Scheibenwischers an, »das Haus ihrer Eltern liegt ganz in der Nähe«, und während ich sie das sagen höre, sitzt ihre Stimme in meinem Ohr und klingt wie die unserer Großmutter, sie füttert mich mit Anhaltspunkten, kleinen Krümeln, und ich bin das Tier, das frißt. Meine Cousine biegt von der Landstraße ab, das Fernlicht streift das Schild eines Güterwegs, sie sagt, »das Haus ihrer Eltern liegt wirklich nicht weit von hier«, sie beugt sich vor, wischt mit der Hand über die beschlagene Windschutzscheibe und verschmiert das Glas von innen, sie sagt: »Hanna hat sich vergangenes Jahr im Frühsommer umgebracht«, vielleicht bilde ich mir diesen Satz aber auch nur ein, vielleicht rauscht die Lüftung bloß, »das war das Jahr, in dem du nicht da warst«, sagt meine Cousine, dreht am Regler des Gebläses, und es kommt mir vor, als drehe sie mit der Lüftung die Geschichte vor und zurück, sie spult, verändert den Empfang, stellt leiser und wieder laut. Von der Heizungsluft werde ich schläfrig und gähne, und mir fällt ein, daß Hannas Mundwinkel nach unten fielen, wenn sie müde war, und ihre Nasenlöcher weiter wurden, wenn sie gähnte, und sie ihren Mund beim Sprechen oft ein klein wenig länger als nötig offen ließ. Meine Cousine weiß nicht, daß Hanna eines Morgens, acht oder neun Monate nach unserem tschechischen Ausflug, plötzlich müde und bleich vor meiner Wohnungstür stand, *ich bin mit dem Nachtzug gekommen und vom Gare de l'Est hierher gelaufen*, sagte sie, *ich bin zum Zeichnen gekommen, störe ich, ich hatte keine Lust mehr auf Wien*. Ihre Haut lag weiß auf ihren Knochen, ich hatte das Gefühl, nur eine Hülle zu sehen, große, offene Augen und das länger gewordene Haar, das ihr über die Lippen fiel. Wir setzten uns in die Küche, Hanna betrachtete die

Kacheln an der Wand und fuhr mit einer Finger-spitze über die Fugen, sie zog ihren Block aus der Tasche und zeichnete den Raum, über dem die Decke ziemlich niedrig hing. Ich kochte ein zweites Mal Kaffee und hörte Hanna sagen, *in Wien denke ich immer nur daran, vor welche Stra-ßenbahn ich springen soll, außerdem geh ich nicht gern auf die Akademie*, und als sie ein Messer in die Hand nahm, um sich Butter auf ein Stück Baguette zu streichen, glaubte ich, sie werde sich schneiden. Das Brot, das schon geschmiert auf meinem Teller lag, wollte ich nicht mehr essen. Sie sei zum Zeichnen gekommen, sagte sie wieder, und wolle die Goldfische sehen, die nachts im Mondlicht unter dem Petit Pont im Wasser stehen, *hast du die noch nie gesehen*, fragte sie, *nein*, antwortete ich und mußte zugeben, von diesen Fischen nichts gewußt zu haben. Im Bade-zimmer, das mehr Kabine als Zimmer war, stieg sie auf die Kloschüssel, *die wird doch nicht kaputt gehen*, sagte sie und schaute durch das Vasistas auf den Eiffelturm. Mit dem Block in der Hand harrte sie dort stundenlang aus, zeichnete und rief immer wieder, manchmal mit, manchmal ohne s hinter dem langen i, *Paris, Paris*, und ich dachte laut und sagte leise, *du spinnst*. Die Stadt fand sie angenehm grau und weiß, *grün sind hier anschei-nend nur die Fegebesen der Straßenkehrer*, sagte sie und blickte aus dem vorderen Zimmerchen auf die Straße. Sie malte die Leuchtreklame des kleinen Kinos ab, Schlaflosigkeit vertrieb sie mit Ausweidungsübungen, sie stülpte sich um und erzählte ihr ganzes kurzes Leben. *Was ich nicht malen kann, muß ich erzählen*, sagte sie, da lag sie auf der Schaumstoffmatratze in meinem Zimmer, eine Tote, die noch zappelt und spricht, dachte ich, und sie kam mir vor wie ein Playmobilmännchen, bloß weniger unverletzlich. Ich weiß nicht, warum ich Lust hatte, ihr weh zu tun, ich hätte ihr gern ein Stück Fleisch aus dem Oberarm, aus der Schulter gebissen, als sie erzählte, ihr Vater habe nie ein Wort mit ihr geredet, sie sagte, sie hätte sich nicht gewundert, wenn er ihre Mutter eines Tages nach dem Namen des Mädchens gefragt hätte, das da immer mit am Tisch saß, sie schilderte eine Kindheit auf dem Lande, lange Busfahrten jeden Morgen, über die Dörfer in die kleine Stadt, in der das Gymnasium stand, *ich habe mich immer abgeschnitten gefühlt*, sagte sie und sprach von einem Prinzen, auf den sie gewartet habe und warte, so wie sie auf das große Glücklichsein warte, in das sie sich nicht hineinmalen könne. In ihren kurzen Redepausen tischte ich ihr Desillusionsromane auf, *alles kommt fast immer anders, zweitens als man drittens denkt*, ich sagte Kalendersprüche her und überlegte, wie ich sie bewegen könnte, zurück nach Wien zu fahren. Dann aber, wir standen gerade im Treppenhaus, strahlte sie mich wieder an, und ihre Augen leuchteten über eine Stelle an der Wand, an der Putz abgebröckelt war, sie behauptete, sie sehe die Umrisse einer Insel. Wir gingen auf den Cimetière Montmartre, spazierten durch die Reihen der Gräber und setzten uns auf eine Bank, die zu einer Gruft gehörte. Hanna hatte den Block und ihre Stifte dabei und skizzierte die Autobrücke, die den Friedhof an einer Stelle überquert, es war ein warmer, fast heißer Tag. Sie nahm ihre Wasserflasche aus ihrem kleinen Rucksack und sagte, vielleicht nur um einer meiner Bemerkungen zuvorzukommen, *trinken schadet nie, und du, du trinkst bestimmt eh nicht genug.* Sie selbst trank erst, nachdem ich einen großen Schluck genommen hatte, dann fuhr sie mir mit der Hand durchs Haar und zog ihren kurzen Rock, dessen Stoff mich an das Fell eines gescheckten Ponys erinnerte, ein Stückchen höher. Sie gab mir einen Kuß, der sich, was mich nicht störte, anfühlte, als habe sie sich ihn lange zuvor ausgedacht. Meine Zunge tupfte gegen ihre Schneidezähne, und ich mußte an die Kieferknochen der Rehböcke denken, die mein Onkel, wenn er auf der Jagd gewesen war, den Sommer über zum Ausbleichen auf der Fensterbank liegenließ. Später lief ich mit ihr durch die großen Kaufhäuser am Boulevard Haussmann, sie suchte ein leichtes, dünnes Sommerkleid, probierte viele und entschied sich für eines in Flieder. Zu Hause setzte sie sich wieder in die Küche, trank Wasser und rauchte, essen wollte sie nichts. Sie blätterte durch Modezeitschriften und fragte, ob ich nie daran gedacht hätte, mich umzubringen, *wieso, der Tag war doch schön*, versuchte ich auszuweichen. Nachts kam sie mit offenem Haar zu mir ins Zimmer, ohne Licht zu machen, zog sie ihr T-Shirt über den Kopf und legte sich neben mich ins Bett. Sie fuhr mir mit den Fingern durchs Haar, ihre Nägel kratzten über meine Kopfhaut, und ich hätte sagen können: Solange es weh tut, ist man da, doch ich sagte nichts, bis sie mir – die Leuchtreklame des Kinos schien ins Zimmer – die kleine Narbe über ihrer linken Brust zeigte. *Hast du versucht, dich zu erdolchen*, fragte ich und mußte lachen, sie aber antwortete, *ein Zeck* – sie sagte Zeck und nicht *Zecke – hat mich gebissen, da war ich elf oder zwölf, und ich bin nicht an Hirnhautentzündung gestorben.* Zum Frühstück aß sie nichts und hatte auch abends keinen Hunger, sie trank Wasser, knabberte trockenes Brot und verzog ihr Gesicht, wenn ich nur einen Augenblick durch sie hindurch oder anderswo hinsah, sie fing an zu spülen oder putzte den Herd, stellte sich wieder auf die Kloschüssel, schaute aus dem Fenster und malte, sie nahm jetzt Wasserfarben, die vierte oder fünfte Aussicht. Ihr neues Kleid zog sie an und wieder aus, legte es zusammen, um es zu verstauen, packte ihre Tasche und fragte mich, ob ich nicht manchmal mit einem anderen Menschen ganz weit weg wolle, *um einfach alles loszuwerden*, ich sagte, ja, vielleicht, *aber heute nicht*, und sie packte ihre Tasche wieder aus. Drei oder vier Tage nach ihrem unerwarteten Auftauchen trug ich ihre Tasche zum Bahnhof, sie selbst ging wie mit mehreren Röntgenschürzen behängt neben mir. Sie sagte nicht viel. Ihre Haut war durchsichtig geworden, an den Schläfen, auf der Stirn und den Unterarmen zeichneten sich Blutgefäße ab. In der Gare de l'Est stand der Zug schon im Gleis, der Bahnsteig war voll mit Rekruten, die zurück in ihre Kasernen nach Ostfrankreich mußten. Vor der dunkelgrünen Waggontür – sie sagte, *das ist die Farbe, die ich hasse* – küßte ich sie links und rechts auf die Wange, sagte, ohne mir selbst zu glauben, *alles halb so schlimm, wird schon*, und wünschte ihr gute Reise. In ihrem Abteil saßen schon ein paar angetrunkene Soldaten, alle anderen Plätze waren besetzt. Ich blieb bis zur Abfahrt des Zuges, und obwohl sie nicht einmal mehr aus dem Fenster sah, winkte ich ihr hinterher.

»Keiner weiß, wo sie in den letzten zwei oder drei Wochen gewesen ist«, sagt meine Cousine plötzlich, auch sie hat eine Weile dem Regen zugehört. Das Fernlicht tastet sich durch die Nacht, gelegentlich erfaßt der rechte Scheinwerfer Bäume, einen Felsen oder eines der vielen Wegkreuze, leuchtet auf die kleinen, auf Glas gemalten Marien- oder Heiligenbilder, bevor sie zurück in die Dunkelheit gleiten. Auf der Windschutzscheibe schieben die Wischblätter das

Wasser erst in die eine, dann in die andere Richtung, sie umkurven das Dreieck im toten Winkel, ein Tropfen, der im Fahrtwind zur Seite weht, wird mit der nächsten Wischbewegung zurückgeschoben. »Sie behauptete, auf einer Sommerschule für Malerei in Prag zu sein«, sagt meine Cousine, »ich wollte sie dort besuchen, bin sogar nach Prag gefahren, kannte aber ihre Adresse nicht. Selbst ihre Eltern wußten nicht, wo sie wohnte, in Wirklichkeit ist sie dort nie gewesen«, sagt meine Cousine und nimmt den Blick aus dem Rückspiegel, hinter uns fährt schon lange kein Auto mehr. Meine Cousine blendet auf und wieder ab, die kleinen Katzenaugen am Straßenrand blitzen und schauen uns an, dann fällt das Licht auf ein Ortsschild. Aus den Pfützen auf dem Asphalt spritzt Wasser gegen den Unterboden des Wagens, die Luft, die durch die Lüftungsschlitze hereinströmt, ist feucht, Hanna hätte ein dunkles Bild gemalt, *Schwarz ist auf meinen Bildern oft ein sehr dunkles Dunkelgrün*, mußte sie mir einmal erklären, »sie wußte, daß ihre Eltern in Urlaub waren«, sagt meine Cousine, »sie ist nicht aus Prag, sondern aus Wien gekommen, hat ihre Wohnung aufgeräumt und alle Skizzenblöcke verbrannt«, ich könnte in der nächsten Kurve die Handbremse ziehen, als ließe die Erzählung meiner Cousine sich damit anhalten, als könnte Hanna auf diese Weise für immer in der Eisenbahn sitzen bleiben und nie nach Hause in den Schrank geraten, ich könnte die Handbremse ziehen, das Auto würde von der Straße abkommen, sich auf der Wiese überschlagen, in den Wald hineinrasen, gegen einen Baum oder einen der Felsen prallen, und niemand würde in meinem Adreßbuch ein kleines Kreuz hinter Hannas Namen malen, »sie fuhr von Wien über Linz nach Norden«, sagt meine Cousine, »auf der Strecke, auf der vor dem Krieg die Schnellzüge zwischen Stockholm und Venedig gefahren sind, sie verließ den Zug an der letzten Station vor der tschechischen Grenze, da, wo auch heute noch die meisten Züge enden, ich habe sie auf dem Bahnhof nur knapp verpaßt, ich kam am selben Tag aus Prag, ich habe sie nur um eine halbe Stunde verpaßt«, sagt meine Cousine, »als ich ankam, war sie schon auf dem Heimweg, die letzten Kilometer ging sie zu Fuß über Güterwege und, um abzukürzen, auch ein Stück durch den Wald, das Haus ihrer Eltern liegt ganz nah an der Grenze. Sie hat dann die Tabletten aus der Apotheke ihres Vaters genommen, die Pakkungen geöffnet und, um für den Fall, daß jemand sie findet, keine Anhaltspunkte zu liefern, alle Schächtelchen sorgfältig wieder geschlossen. Und zurückgestellt. Sie wußte, daß die Putzfrau erst nach dem Wochenende wiederkommen würde, und wußte auch, daß sie sehr viel Wasser trinken mußte, das sei der Fehler ihres letzten Selbstmordversuchs gewesen, *zuwenig getrunken*, hat sie einmal gesagt, trinkt man zuwenig, verpappen die Tabletten im Magen zu Medikamentenpaste, die sich leicht wieder auspumpen läßt«, höre ich meine Cousine sagen, »sie hat die Tabletten geschluckt und sich mit einer Flasche in der Hand in den großen, beinah begehbaren Kleiderschrank ihrer Eltern, unter die Röcke ihrer Mutter, gesetzt«, höre ich weiter und sehe, wie Hanna eine Plastikflasche Wasser, Volvic, Evian oder Vittel, an die Lippen setzt, »sie hat immer weiter getrunken und die Schrankschiebetür bis auf einen schmalen Spalt geschlossen«, sagt meine Cousine, sie bremst vor einer Kurve, und ich muß denken: vielleicht ist die Flasche neben ihr dann umgefallen und ausgelaufen, und das ausgelaufene Wasser unter der Schiebetür hindurch aus dem Schrank getropft. Und als hätte meine Cousine meinen Gedanken erraten, fängt sie an, von dem Unfall in Großmutters Badezimmer zu erzählen, der sich bald nach unserem tschechischen Ausflug ereignet haben muß. Wir saßen im Wohnzimmer, unterhielten uns und hörten plötzlich ein Rauschen, gefolgt von einem scheppernden Knall, meine Cousine und ich schauten einander verwundert an, *der Spülkasten ist abgestürzt, der Spülkasten ist aus der Wand gerissen und auf dem Boden zerbrochen, ich habe ganz nasse Füße*, rief Hanna aus dem Badezimmer, das Wasser lief unter der verschlossenen Tür hindurch, tropfte die Stufe hinunter und sammelte sich, als wüßte es nicht, in welche Richtung es weiterfließen sollte, zu einem Stausee auf dem Teppich. »Ein wenig davon sickerte durch die Decke«, sagt meine Cousine, »zum Glück aber blieb nur ein kleiner Wasserschaden.« Draußen regnet es nicht mehr, die Straße wird langsam trocknen. Ich höre die Lüftung rauschen, und meine Cousine sagt, »gleich sind wir da«.

KÄSE AUS DEUTSCHLAND

Papa hat Minen gelegt, heute verkauft er Milch, Milch aus Frankreich, Käse aus Deutschland, spanischen Schinken und norwegischen Fisch. Papa führt Fertiggerichte ein, Papa ist Mayorista, Papa bringt die Produktproben der Vertreter mit nach Hause. Papa ist Mayorista, Grossist für Lisboa und Umgebung, früher, vor meiner Geburt, hat er Minen gelegt, in einem unserer kleinen, schmutzigen Kriege, in Moçambique, in Guiné-Bissau und Angola.

Papa kauft Milch in Frankreich und Käse in Deutschland, irgendwo in Norddeutschland, irgendwo in der Nähe von Hamburg hat er einmal eine Käsefabrik besichtigt, dort funktioniere alles automatisch, schwärmt er noch heute, die Milch komme auf der einen Seite in Tanklastzügen an, auf der anderen Seite werde der kartonverpackte Käse auf Paletten abgeholt, Papa kauft deutschen und holländischen Käse und deutsche Kartoffelprodukte, ich kenne die Knödel von Pfanni. Und die Fertigbratkartoffeln, Papa kauft und verkauft, und die Männer, die für ihn arbeiten, die meisten seiner Kunden, die Händler und

33

die Einkäufer des Einzelhandels kennt er aus der Armee.

Papa ist nie bei den Pyramiden gewesen, nie in Ägypten, Papa war auf Sabotageeinsätzen in Tansania, nördlich von Moçambique, Papa weiß, wie eine Straße, eine Brücke gesprengt wird, Papa kann Minen legen, ich habe nie gefragt, *Papa, wie viele Minen hast du gelegt*, Papa war im Krieg, er hat ein paar unserer Kriege mitgemacht, als Kind, als kleines Mädchen im Sommer an der Algarve habe ich bewundert, wie weit er die Steine werfen konnte, er zeigte auf einen vierzig oder fünfzig Meter weit entfernten Punkt am Strand, sagte, *ich treffe jetzt den Papierkorb*, und traf ihn. Ich wußte nicht, daß er das bei der Armee gelernt hatte, ich wußte noch nicht, daß er wochen-, monatelang geübt hatte, in Afrika, mit Handgranaten. Ich sah ihn in Badehose und wunderte mich nicht – ich wußte ja, daß sie da war, ich kannte sie ja aus dem Badezimmer – über seine Oberarmtätowierung. Sie bewegte sich, wenn er sich bewegte.

Papa kommt immer spät. Was er mitbringt, Käse aus Deutschland, Milch, die am Tag drauf abläuft, stellt er im Flur, seltener in der Küche ab. Er schaut nach Mama und schaut, was seine Tochter macht: Ich sitze vor dem Rechner, über Plänen oder an einem Modell, Papa sieht mich in einem Wust von Papier, zwischen Plänen, Zeichnungen, Kartons und Schnipseln sitzen, *na, wie viele Häuser hast du heute gebaut, wie viele Bahn-*

höfe, Flughäfen, wie viele Städte? Und ich vergesse, ich denke nie daran, daß Papa weiß, wie man Häuser, Brücken und Straßen sprengt, einen Minengürtel legt, große Gebiete unpassierbar macht. Und denke nicht daran, daß er mit dem Messer, mit dem ich Modellbaukarton schneide, daß er mit dem Messer, das er aus Afrika mitgebracht hat, nicht immer nur Schinken geschnitten hat; Papa hatte, ich kenne die Bilder, eine Maschinenpistole, eine Pistole und ein Messer, *dieses Messer*, sagt er, nimmt es und wiegt das Heft in der Hand, *hat viel gesehen*, kein Wort weiter, er sagt, *dieses Messer hat viel gesehen*, als fiele ihm ein, wann und wo er dieses Messer überall dabei hatte, als wolle er sagen, diese Klinge habe ich nicht nur Modellbaukarton und das Balsaholz deiner Brückenmodelle schneiden sehen, er schaut seinen seltenen, sonderbaren Blick nach innen, er sieht aus, als fiele ihm ein, als zähle er zusammen, wie viele Menschen dieses Messer, wie viele er mit diesem Messer in der Hand getötet hat, er prüft die Schärfe der Klinge mit dem Daumen, zieht sie über den Wetzstahl und säbelt sich eine Scheibe von dem Serrano, der im Wohnzimmer steht, Papa importiert spanischen Schinken.

Papa steht am Fenster, steht im zehnten Stock, krault die Katze und schaut aufs Wasser, an nebligen Tagen sieht er nur noch das Licht der Laternen, die schräg auf der neuen Brücke stehen, ihr Licht soll die Fische nicht beim Laichen stören.

Papa hat eine Spezialausbildung, hat Sabotage-aktionen in Tansania, hinter der Grenze, durch-geführt, Papa sagt, *ich war ein guter Soldat und habe Sachen gemacht, die offiziell nicht stattge-funden haben durften*, er sagt, er hätte auch in Israel arbeiten können, den Sinai verminen und anschließend wieder räumen können, aber nach seinen afrikanischen Kriegen hatte er keine Lust mehr, er sagt, *ich habe keine Lust mehr gehabt, andere, viel schlechter ausgebildete Soldaten umzu-bringen*, er war nie auf dem Sinai und, obwohl es ihm gefallen hätte, nie in Ägypten, er ist nicht in den Kongo, nicht nach Südafrika gefahren, er ist Lebensmittelhändler, dann Großhändler gewor-den. Seine alten Kameraden sind seine besten Kunden.

Papa liegt im Wohnzimmer, sonntags bleibt er nie lang in der Firma, er liegt auf dem Sofa zwi-schen den Bücherregalen, auf denen die Enzyklo-pädien, die Reiseführer und Städtebücher stehen, die Mama über ihren Buchclub bestellt, er liegt zwischen den Kuchen, die meine Tanten vom Land uns schicken, und den afrikanischen Anden-ken im Regal, zwei Masken hängen an der Wand, auf dem Schrank steht ein Globus, Staub bleibt nur auf der Nordhalbkugel liegen. Papa liegt im Wohnzimmer, schneidet Schinken, schaut fern und entdeckt im Discovery-Channel noch einmal, wieder einmal, zum ich-weiß-nicht-wievielten-Male, das Grab des Tutanchamun, die Fernsehstimme, die von Howard Carter erzählt, begleitet ihn, Howard Carter hat das Tal der Könige jahrelang vergeblich durchwühlt und seinen Geldgeber, Lord Carnavon, immer wieder vertröstet, zuletzt aber findet er die Stufen zum unversehrten Königsgrab. Papa schaut sich diese Geschichte immer wieder an, er hätte auch gerne ein Königsgrab gefunden, er sagt, *ich wäre gern Archäologe geworden*, *ich hätte gern eine Ausgrabung geleitet*, Papa schaut Discovery-Channel, sieht zu, wie Carter und Carnavon die Stufen freilegen, Papa sagt, *sie finden das Grab am Ende*, und schneidet mit dem Messer, das er aus Moçambique mitgebracht hat, dünne Scheiben von seinem Wohnzimmerschinken, die Klaue ragt wie ein ausgerissenes Bein aus dem Ständer. Nach und nach legt Papa den Knochen frei.

Papa sagt, *wir mußten kleine, schmutzige Kriege führen*, Portugal war Kolonialmacht, ohne Kolonien wäre Portugal immer ein armes Land gewesen, Portugal mußte immer Lebensmittel importieren. Seinen ersten Tag in Afrika trägt Papa auf dem Oberarm, er zeigt das tätowierte Datum auch Menschen, die es vielleicht gar nicht sehen wollen, sagt, *das war mein erster Tag in Afrika*. Und seine Augen fangen an zu leuchten. Papa hat silbrige, dreieckige Koteletten, mit scharfer, ausrasierter Kante, Papa lacht, Papa ist lustig, Papa ist nicht größer als ich, er sagt, *ich war ein guter Soldat, ich konnte mich immer gut ducken*.

Ich ziehe seine Hemden an. Und träume, wir müßten in seinem Jeep auf einer Straße durchs Alentejo fahren und nur ich wüßte, daß hier, unter der Straße, auf der wir fahren, all die Minen liegen, die Papa anderswo vergraben hat, Papa gibt Gas und weiß nicht, daß wir als Räumkommando vorausfahren, und obwohl ich es immer wieder versuche, kann ich ihm von den Minen, die vor uns liegen, nichts sagen, ich versuche es immer wieder, versuche Andeutungen zu machen, er aber hört nicht, versteht mich nicht, hört gar nicht hin, will nicht verstehen. Und aus meinem Mund kommen nie die Wörter, die ich sagen möchte, als ob Zunge und Gaumen, zwei gleichpolige Magneten in meinem Mund, sich immer wieder voneinander abstießen, sagen meine Lippen ganz andere Wörter, als ich sagen möchte. Und Papa, sein Jeep zieht eine lange Staubfahne hinter sich her, sagt immer wieder – so wie er tatsächlich sagt, wenn wir die Straße nach Cabo da Roca fahren –, *hier hat Salazar all die Verbrecher empfangen, hier hat er die afrikanischen Verbrecher und Menschenfresserpräsidenten empfangen.* Und zeigt auf ein Schloß am Wasser, das mich im Traum an Neuschwanstein erinnert, *Portugal war ein Paradies für Diktatoren, sonst kam uns ja keiner besuchen.* Papa sagt, *ich war in Afrika, als andere in Coimbra studierten, ich war in Afrika und damit beschäftigt, andere, viel schlechter ausgebildete Soldaten, Kindersoldaten, umzubringen.* Papa sagt, *ich bin zurückgekom-*

men und stehe mein Leben lang gern früh auf, ich glaube, Papa freut sich jeden Tag, daß er überhaupt noch aufstehen kann, Papa steht immer früh auf, Papa sagt, *ich habe immer nachts gearbeitet*, Papa fährt früh in die Firma, sitzt in seinem Büro über den Lagerräumen, sitzt hinter seinem Schreibtisch, vor seinem Tresor, empfängt Vertreter, schaut ins Lager, empfängt Kunden und zeigt ihnen den Raum, wo zwei- oder dreihundert Schinken, mehrere Schweineherden, an Stricken von der Decke hängen. Unten stecken kleine Plastikschirmchen in ihrem Fleisch, die sollen das heraustropfende Fett auffangen. Papa fährt zum Hafen, zum Flughafen, Papa sagt, *ich fahre gern nach Deutschland, gern auf die Anuga*, heute ist er schneller in Köln als in dem Dorf, in dem er geboren wurde.

Als Kind hatte ich große Angst, Papa könnte auf Geschäftsreisen in Deutschland, in Frankreich oder Spanien gefangengenommen, von Eingeborenen verschleppt und aufgegessen werden. Statt dessen kam er meist mit einem neuen Gebrauchtwagen zurück. Mir hat er einen grünen Golf gekauft, Papa selbst fährt einen schweren japanischen Jeep, zu dem es nur eine deutsche Bedienungsanleitung gibt, um die er sich nicht kümmert, er sagt, *ich weiß, wie man einen Jeep fährt*, und fährt die Tiefgarageneinfahrt, die für viel schmalere Wagen gebaute Rampe, viel zu schnell hinunter.

Papa arbeitet lange, Papa bringt Konserven, Bacalhau und Käse mit, er sagt nie viel, er sagt nie viel, nicht einmal während des Essens im Wohnzimmer am Tisch, Mama und ich reden, Papa kaut, Papa kaut den gekochten Fisch, Stockfisch, Bacalhau, den er aus Norwegen importiert, Mama hat das Brot gekauft. Wir sitzen um den großen, eckigen Wohnzimmertisch, und unser Tisch könnte das Floß sein, mit dem wir durch die kandierten Kuchen und die Torten mit Nüssen, die meine Tanten vom Land uns schicken, hindurch, den Fluß, den Tejo, hinunter, auf den Atlantik hinaus bis nach Afrika treiben – ich habe nie gefragt, wie viele hast du dort getötet, Papa? Was glaubst du, wie viele hast du umgebracht? Mama, die Masken an der Wand und ich sehen Papa auf einem Zahnstocher kauen, wir sehen, wie er hinter seiner Hand in seinen Zahnzwischenräumen bohrt, der Fisch, der Bacalhau, bleibt leicht zwischen den Zähnen hängen.

Papa hat versucht, nach Afrika zu liefern, hat Lebensmittel nach Angola geliefert, hat den Zoll bestochen und Container geschickt, die Waren durften dann aber nicht entladen werden und sind im Hafen verrottet, Verträge wurden nicht eingehalten, Papa konnte sich auf niemanden verlassen. Er schwärmt von deutscher Organisation, von der Käserei, die er besichtigt hat, *vorne wurde die Milch aus den Tankwagen gesaugt, abgepumpt, hinten wurde der Käse verladen*, Papa kauft deutschen Käse, Konserven aller Art, Milch aus Frankreich und Fertiggerichte; im Schlafzimmer, wo zwei gekreuzte Speere an der Wand hängen, steht am Kopfende seines Bettes ein Bild von mir als Kind am Strand, ich trage noch kein Bikinioberteil. Auf dem Bild daneben steht er in Uniform, am Strand von Guiné-Bissau, Minenleger stehen früh auf, sie arbeiten nachts, solange es dunkel ist, Papa ist Mayorista, Geschäftsmann geworden, Papa trinkt nach dem Essen immer zwei Tassen Espresso, Papa krault die Katze am Kopf, schaut Discovery-Channel und mir über die Schulter, fragt, *wie viele Häuser hast du heute gebaut?*

DIE BLAUTRANSPARENTE
WASSERPISTOLE

Es war ziemlich heiß, sie hatte für die ganze kommende Woche eingekauft und zwei kleine Kinder im Auto, als sie mir in die Beifahrertür fuhr. Ihre ältere Tochter hat später immer wieder davon gesprochen, hat gesagt, »das erste Mal haben wir uns auf dem Parkplatz vor dem Supermarkt, bei dem Unfall, gesehen«.

Am Tag nach dem Unfall fuhr ich noch einmal aufs Land hinaus, wie ausgemacht wollte ich sie besuchen, um die Sache mit der Versicherung zu klären. Das Haus lag auf einer Anschüttung nicht weit hinter dem Flußdeich, aus dem Wohnzimmerfenster mußte man über die Krone hinwegsehen können. Ein Haus, das sich gut verkaufen ließe, reetgedeckte Häuser lassen sich immer leicht verkaufen, dachte ich und klingelte an der Gartentür.

Das Mädchen, das ich am Vortag auf der Rückbank des Wagens hatte sitzen sehen, öffnete mir, es trug Schwimmflügelchen an beiden Oberarmen und rief: »Mama, der Mann, der unser Auto kaputtgemacht hat, ist da.«

Die Mutter, sie trug ein Bikinioberteil und

einen langen Wickelrock, den sie sich vielleicht gerade erst umgebunden hatte, kam mit dem Baby auf dem Arm an die Tür, bat mich herein und führte mich ins Wohnzimmer. Vom Fluß hinter dem Deich sah ich nichts. Die Terrassentür, eine große Schiebetür, stand offen, der Rasen vor dem Fenster war frisch gemäht. Das Baby auf ihrem Arm gluckste. Ob mein Auto sehr kaputt sei, fragte sie. »Es fährt noch«, antwortete ich, da kam das Mädchen mit einer Wasserpistole auf mich zu, rief: »Hände hoch« und schoß.

Auf dem Eßtisch lagen zwei Bananen, geöffnete Briefe und ein aufgeschlagenes Fernsehprogramm. Eine der Programmzeitschriften, die den Tageszeitungen beiliegen. »Nicht hier drinnen, Maria«, hatte das Mädchen, vier oder fünf Jahre alt, sich anhören müssen. Von der Schiebetür lief es den Abhang der Anschüttung hinunter und wieder hinauf – und sprang mit Anlauf in das Planschbecken unter der Schaukel.

Das Wohnzimmer, dachte ich, wirkt wie aus einem Katalog möbliert, die Frau im Wickelrock wollte kaum zu den gedrechselten Zierknöpfen der Stuhllehnen passen. Ich wußte nicht, was ich sagen sollte, und war froh, als sie fragte: »Wollen Sie etwas trinken?« Sie brachte Wasser, und obwohl mir einfiel, daß der Grund meines Besuchs doch die Schadensregelung unseres kleinen Zusammenstoßes, unserer Stoßstangenkratzerei, meiner eingebeulten Beifahrertür gewesen war, sagte ich: »Die Sache ist gar nicht so schlimm.« Und nach einer Pause: »Außerdem, es ist bloß ein Dienstwagen.«

»Ach ja? Was machen Sie denn?«

»Ich arbeite für die Immobilienabteilung einer Bank. Ich suche, schätze und entwickle Projekte. Und manchmal kontrolliere ich unsere Investitionen vor Ort.«

Das Baby drehte seinen Kopf, klammerte sich an den Hals seiner Mutter, lachte.

»Und Sie?« fragte ich und ärgerte mich, kaum daß ich die Frage gestellt hatte. Ich sah ja, was sie machte.

»Ich kümmere mich um meine Kinder«, sagte sie und ging in den Garten, ich folgte ihr. Wir setzten uns auf eine Bank, auf der die halbgefüllte, blautransparente Wasserpistole der Tochter lag.

»Eigentlich bin ich Photographin. Es gibt ein Labor im Keller, aber in letzter Zeit bin ich kaum zum Arbeiten gekommen.« Sie strich dem Baby über den Kopf und sagte: »Immerhin, ich photographiere die Kinder.«

Ich nahm die Pistole in die Hand, schaute auf das Wasser, das im Kolben schwappte, und dachte, nun müßte ein Satz über den Vater der Kinder fallen. Die Frau aber sagte: »Mein Vater hat uns das Haus gebaut und fertig eingerichtet zur Hochzeit geschenkt. Eine nur halb gelungene Überraschung. Für die Kinder ist es besser als in der Stadt, hier haben sie den Garten, die Schaukel, das Planschbecken. Und die Rutsche.«

Ich schätzte das Haus auf sieben-, vielleicht achthunderttausend. Und spielte mit der Wasserpistole in meiner Hand. Die Frage, wo ihr Mann sei, was er mache, lag mir auf der Zunge. Ich hatte nicht das Gefühl, er sei nur an diesem Tag nicht da oder bloß für eine Woche verreist. Die Frau neben mir sah nicht aus wie eine Frau, von der man sich scheiden läßt – obwohl, auch meine Exfrau hatte nie so ausgesehen. Ich schaute auf das Bikinioberteil, fragte eine Ersatzfrage und zielte mit der Wasserpistole auf einen Kirschbaum. Wie früher schnitt der Abzug aus weißem Plastik in die Haut der Zeigefingerkuppe. Der Wasserstrahl, der aus der Düse trat, tröpfelte kurz vor der Schaukel ins Gras. »Zehn Monate«, antwortete sie. »Sie ist zehn Monate alt.«

Maria, das Mädchen, das noch immer Schwimmflügelchen trug, kam angelaufen und schoß mit einer zweiten Wasserpistole, die sie im Planschbecken gefüllt hatte. Ich sprang auf, wollte zum Spaß in Deckung gehen – da hatte sie mich schon, ein Stück über dem Rippenbogen, getroffen. Ich fing an zu röcheln, griff mir an die Brust, sank auf die Wiese und stellte mich tot. Aus meinen halbgeschlossenen Augen sah ich einen kleinen Signalfarbenputto jubeln. Und ich dachte einen Augenblick: Ich bin gestorben, ich bleibe hier.

Als ich die Augen öffnete, krabbelte das Baby auf mich zu. In der Hand hielt es eine Wäscheklammer, die zwischen seinen Fingern sehr groß aussah. Von da, wo ich lag, von so weit unten, wirkte auch das Baby auf dem Rasen groß. Ich machte die Augen wieder zu und hörte in die Verschlußzeit hinein das Windrad, das sich im Beet vor der Terrasse drehte.

»Wollen Sie vielleicht mit uns essen?« hörte ich die Mutter irgendwann, sie bückte sich nach ihrem jüngeren Kind und ging zurück ins Haus. Ich dachte, vielleicht bin ich schon zu lange geblieben. Sie setzte das Baby in den Wipper, der im Eßzimmer stand, und ging weiter in die Küche, das Kind umklammerte meinen ausgestreckten Zeigefinger mit vier Fingern und sagte »dra dra dra«. Ich antwortete ihm, nahm mit der freien Hand mein Telephon aus der Jackettasche und schaltete es aus. Ich wollte nicht mehr angerufen werden, nicht aus dem Büro und nicht von irgendwoher sonst. Das Baby lachte.

»Haben Sie Kinder?« fragte die Mutter, als sie wieder hinter mir stand.

»Nein. Ich war verheiratet, Kinder aber gibt es keine.« Was in diesem Augenblick auch für mich so klang, als ob ich mir Kinder gewünscht hätte. Für meine Frau war es nie in Frage gekommen. Sie hat gleich nach unserer Scheidung wieder geheiratet, ihr neuer Mann hat erwachsene Kinder.

Zum Abendbrot gab es Brot und Käse und

Schinken und Tomatensalat, »alles, was ich gestern eingekauft habe«, sagte die Frau, die mir in die Beifahrertür gefahren war. Sie hatte ein enges, schwarzes T-Shirt über ihr Bikinioberteil gezogen, das Baby saß im Hochstuhl, verschmierte sich den Mund und lachte. Und ich dachte: Ein Abendbrot, wie ich es Jahre nicht gegessen habe. Maria schaute mich an, legte den Kopf schief und fragte: »Mama, bleibt der Mann für immer bei uns?«

Später, die Mutter brachte die Kinder ins Bett, ging ich ins Bad und betrachtete die rosafarbenen Kacheln, die Sprossenfenster und die Goldknöpfe über dem weißen Schleiflack der Badezimmerschränke. Die Messingringe neben dem Waschbecken, in denen Handtücher hingen, sahen aus, als müßten große Schiffe an ihnen vertäut werden. Und weil ich durch die offene Kinderzimmertür hörte, daß die Gute-Nacht-Geschichte noch nicht zu Ende war, ging ich in die Küche, stellte die Teller in die Spülmaschine und spülte die Salatschüssel. Dann nahm ich ein Geschirrhandtuch und trocknete ab.

Irgendwann an diesem ersten Abend, dem Abend, den ich so sommergrün und blau behalten habe – wir saßen bei offenen Türen und Fenstern und einer Flasche Wein im Wohnzimmer neben dem Babyphon –, irgendwann an diesem Abend, ich weiß nicht, ob wir uns schon geküßt hatten, erzählte sie, ihr Mann sei Kriegsberichterstatter gewesen. Und vor über einem Jahr in Jugoslawien erschossen worden. Das einzige, was ich in die Stille, die dieser Mitteilung folgte, hineindenken konnte, war: Sein zweites Kind, das ich hin und wieder durch das Babyphon husten hörte, hat er nie gesehen. Meine Ehe habe viel unspektakulärer geendet, erzählte ich ihr, sie, da waren wir bei der zweiten Flasche, hörte zu oder darüber hinweg – an diesem Abend und später. Ich kam oft und blieb und hatte bald Kindersitze im Auto, wir machten Ausflüge und fuhren zusammen in Urlaub. Maria sagte von Zeit zu Zeit, »das erste Mal haben wir uns vor dem Supermarkt, bei dem Unfall gesehen«, und mich streifte nur gelegentlich der Gedanke, ihre Mutter könnte mir absichtlich in die Beifahrertür gefahren sein. Das Baby bekam ein Bobby-Car, und die Kameras lagen immer öfter im Wohnzimmer oder in der Küche, und auch wenn manchmal eine Hand von mir oder mein Hinterkopf auf einem ihrer Bilder zu sehen war: Mir blieb das Gefühl, bloß zu Besuch, mehr oder weniger zufällig mit aufs Bild geraten zu sein. Hin und wieder träumte ich, die Tür der Dunkelkammer im Keller ginge auf, ihr Mann träte heraus und fände mich in seinem Ehebett.

Wir schauten uns Häuser an, manchmal dachte auch sie, es wäre besser umzuziehen – dann aber gefiel ihr keines, und sie sagte, »mein Vater hat das Haus für uns gebaut, ich kann jetzt nicht einfach ausziehen«. Und ich wohnte weiter in einem fremden Leben, wie hineingezaubert in die Zimmer, durch die Maria schrie: »Rumdrehen! Kassette rumdrehen!«

Als ich mich zwei Jahre später in meinen Wagen setzte und, so kam es mir vor, wieder abfuhr, ging Maria schon in die Schule. Ich hatte längst ein anderes Auto, und das Baby war kein Baby mehr, es konnte laufen und fast immer sagen, was es wollte. Manchmal denke ich, ich hätte sie, die Frau, mit der ich den kleinen Unfall hatte, und ihre Kinder bloß im Fernsehen gesehen. Oder es kommt mir vor, als sei es gar nicht meine, sondern irgendeine andere, fehlfarbig eingespielte Erinnerung.

Ich spiele sie mir immer wieder vor.

DIE ENTWICKLERWANNE

Sie sagt, ihr Bruder sei schon drei oder vier Tage vor seinem Tod in die Werkstatt gefahren, um das Abschleppseil aus dem Kofferraum seines Wagens zu holen, sein Wagen stand mit einem Motorschaden in der Werkstatt. Er fuhr mit dem Wagen meiner Mutter, seiner Stiefmutter, sagt sie, und sie habe nie wieder gehäkelt und keine Seidentücher mehr getragen und im Winter nie einen Schal, nur noch Collegeschuhe. Und keine Schnürsenkel mehr gebunden. Die Schlüssel zum Büro ihres Vaters, in dem die Sekretärin ihn am nächsten Morgen fand, habe er nachmachen lassen, die Quittung über einundachtzigtausend Lire hat man gefunden, die Schleife zieht sich zu, ihr fällt alles wieder ein.

Solange sie noch im Schuhzimmer standen, sei sie in seine Turnschuhe, Laufschuhe, Tennis-schuhe geschlüpft, ich habe seine Pullover der Reihe nach angezogen, mich in sein Bett gelegt und, in einem seiner T-Shirts, in seinem Bettzeug geschlafen, ich habe versucht, ihn wieder anzu-ziehen, ich wollte wissen, wie er von weiter innen war.

Mein Bruder hing an einem Abschleppseil, ich zieh ihn seit Jahren hinter mir her, ich schlepp ihn durch alle Gezeiten, abschneiden kann ich ihn nicht, ich häng an ihm, schwimm ihm nach und mit Tauchgewichten hinterher. Ich sehe seinen federnden Turnschuhgang gegen die Schwerkraft und das Blei in seinen Armen, sie sagt, er sei immer fröhlich gewesen und sie habe sich an dem Tag, an dem er nicht zum Frühstück kam, nicht gewundert, er hat morgens immer lang geschlafen, er ist oft erst aufgestanden, wenn ich schon in der Schule war. Sie habe gefrühstückt und sei wie jeden Morgen gefahren, ich bin gefahren worden, und habe an diesem Tag keine Nachricht, keinen kleingefalteten Rechenpapierzettel auf seinem leeren Teller liegenlassen.

Antworten lagen abends auf ihrem Kopfkissen oder in ihrem Zahnputzbecher, an diesem Tag aber, an dem Tag, an dem die Sekretärin seines Vaters ihn gefunden habe, habe er sie nicht von der Schule abgeholt, er habe sie überhaupt nie wieder abgeholt, und nie wieder habe sie ihn, wie auch, vor der Schule, vor denen, die ihn nicht kannten, ihren Freund spielen lassen; wer sie fragte, ist das dein Freund, der dich abholt, der hörte, was er hören wollte. Sie sei ihm immer um den Hals gefallen, sagt sie, war ja mein Bruder, wenn auch nur ein halber, wir waren ja nicht im selben Bauch, my non-uteral brother, sagt sie, nie, nie sind wir gleich nach Hause gefahren, wir sind

Eis essen gegangen, ins Kino. Oder habe einfach neben ihm im Auto gesessen. Und sei so durch die Stadt und den Stau gefahren, auf die Via Appia antica, und an den heißesten Tagen nach Ostia, an den Strand. Und erst nach seinem flüchtigen Abschied, eine Woche nach seinem Tod, habe sie seinen Zettel in ihrem Schuh gefunden, ich habe gedacht, ein Toter hätte mir geschrieben, sagt sie, vom Fußschweiß sei der Zettel fast unleserlich gewesen, sie habe von diesem Zettel niemandem ein Wort gesagt, nicht ihrer Mutter, nicht ihrem Vater, nichts den ermittelnden Beamten. Sonst habe er keinen Brief, keinen Zettel, keine Zeile hinterlassen, habe niemanden angerufen, keinen Freund und auch seiner Mutter in Mailand, der ersten Frau ihres Vaters, nichts gesagt. Auch in langer Befragung habe sie nichts verraten, nichts auf die banalen Fragen geantwortet, wie war er angezogen, hatte er seinen Pullover an oder nur umgehängt, war er rasiert und gekämmt, habe sie den Eindruck gehabt, er wolle etwas Außergewöhnliches unternehmen, habe er sie zum Abschied geküßt, habe er sie überhaupt geküßt, sei ihr etwas aufgefallen, sei ihr sonst etwas aufgefallen, *Sie müssen die Wahrheit sagen! Sie sind an diesem Abend die letzte gewesen, die ihn lebend gesehen hat!* habe der Inspektor gesagt, *Sie müssen die Wahrheit sagen!*

Die Ermittlung – wenn kein Abschiedsbrief, nicht einmal ein Zettel gefunden wird, muß ermittelt werden – blieb schwebendes Verfahren, habe sich hingezogen, sie habe seine Kleider anbehalten und sich nachts, wenn ihre Mutter nicht hinsah, wenn ihre Mutter schlafmittelschlief, in sein Bett gelegt. Ihr Vater habe, wenn überhaupt, immer bloß von dem Vorfall, dem Unfall gesprochen, *incidente, accidente*, und bald darauf, ein paar Monate später, sein Arbeitszimmer im ersten Stock des Hauses in Monteverde so vergrößern lassen, daß das Zimmer ihres Bruders aus dem Grundriß verschwand.

Manchmal, sagt sie, erwischen mich Wörter, die ich von ihm kannte, legen sich auf mich und halten mich fest, manchmal bleibt ein dünner, feuchter Film Unfaßbarkeit, manchmal bleibt er auf meiner Haut. Weiter sei lange keiner gekommen. Ich habe mich selbst wie einen sehr eng anliegenden Badeanzug getragen, ich bin ganz langsam getrocknet, sooft ich aus dem Schwimmbad im Garten stieg, er und was ich noch von ihm hatte, war mein Handtuch, wenn mir kalt war, seine Abwesenheit blieb bei mir, war immer mein Begleiter, das Gefühl, das sich viel dichter als seine Pullover um mich legte.

Der Haken, durch den er das Abschleppseil zog, hing nicht weit vor dem Schreibtisch an der Decke, die Leiter hat er in den Geräteraum zurückgestellt. Den Haken, an dem vielleicht einmal ein schwerer Leuchter hing, muß er während einer der Predigten, Ansprachen, Erklärungen meines Vaters bemerkt haben, sagt sie, er muß sich ausgedacht haben, muß sich doch vorgestellt haben, wie das wäre, da, dort zu hängen, mein Vater sprach wohl weiter, sprach von den Aussichten der Kanzlei und wann er einsteigen würde, wahrscheinlich sagte mein Vater, das Namensschild hängt ja schon.

Die Sekretärin hat mein Vater dann entlassen und das Büro in der Via Nazionale gekündigt. Meine Mutter konnte nur noch mit Schlafmitteln schlafen. Und wenn ich nicht zu Hause war, überhaupt nicht. Die Alarmanlage wurde um halb elf eingeschaltet, länger wegbleiben durfte ich nicht, ich durfte auch nicht allein zu Hause bleiben, immer blieb das Au-pair-Mädchen bei mir.

Meine Mutter hat mich eingepackt, abgeschirmt, angebunden, wattiert und behütet, ich erinnere mich nicht, auch nur einen Abend allein gewesen zu sein, immer, sagt sie, gab es Betäubungsmittel, die meine Mutter sich ausgedacht hatte, Reisen nach Überall, Ablenkung und daß ich alles, bevor ich es mir nur lange genug wünschen konnte, nicht geschenkt, nur gekauft bekam. Und ich dachte, ich müsse alles, jeden Schritt, jeden Handgriff, jeden Tag und jedes Bild für ihn behalten, ich muß ihm doch, wenn er wiederkommt, erzählen, was war. Ich habe immer gehofft, ihn irgendwo zu treffen, zu sehen immerhin, in einem vorbeifahrenden Auto, im Zug gegenüber, auf der anderen Seite eines U-Bahnsteigs, auf einer entgegenkommenden Fähre, das sei der geheime Blick, den sie, auf der Suche nach Ähnlichkeit, in alle Gesichter werfe, auf der Suche nach Ähnlichkeit stand ich abends auch vor dem Spiegel und fragte mich, ob ich ihn nicht besuchen könnte, aber obwohl ich nie älter werden wollte, als er geworden ist, bin ich älter geworden, blieb das Gefühl, er sei unterwegs, die Reise dauere nur. Manchmal läßt er ja von sich hören, kleine Zeichen kommen von ihm. Und wenn sich am Telephon niemand meldet, bilde sie sich ein, er sei am Apparat, es sei halt nur so, sagt sie, daß er nichts sagen dürfe, sie aber hören wolle. Weshalb sie ihm, auch wenn die Stimme am anderen Ende der Leitung unhörbar atme, nur hin und wieder schlucke und sonst nichts sage, das ein oder andere erzähle. Ausgedachte Ferngespräche, Ferngefühle, eine Berührung am Hinterkopf, ein beinahe unbemerktes Streicheln, eine Berührung von sehr weit oben. Heute könnte er so oder so aussehen, sagt sie, alle Männer müssen sich, ohne daß sie von ihm wissen, mit ihm vergleichen lassen, vielleicht wäre er dick geworden. Und hätte heute eine Glatze.

Sein Leichnam, sagt sie, mußte neunzig Tage im Kühlhaus liegen, die Untersuchungen dauerten an, er durfte nicht früher begraben werden, die erste Beerdigung fand ohne ihn, ohne die Leiche statt. Ein leerer Sarg wurde zum Grab getragen und in die Erde gelassen, dünnes Haar hatte er schon immer, sagt sie, Zöpfe habe ich mir keine mehr geflochten. Seile, sagt sie, sind Taue aus drei oder vier Litzen, Seile werden aus Litzen um eine Seele zusammengedreht, gewebte Seile werden aus zweiundzwanzig Schnüren um eine Seele geflochten. Und durch eine dreiundzwanzigste Schnur zusammengehalten. Später kann man viel erfinden, wie er war, was war, sich ziehen und winden, ich war immer angeleint, sagt sie, gesichert, gefesselt, ich habe ihn, er hat mich mit dem Bademantelgürtel gefesselt, Indianerspiele im Garten, im Schwimmbad und Spiele unter dem Schlafanzug, bind mich an den Marterpfahl. Und ich wette, du kannst dich nicht befreien, laß die abgebundenen Hände schlafen, hältst du eine Nacht so aus? Wenn er nicht mehr wollte, hab ich ihn gebissen, ich war seine kleine Schwester, ich hab ihn auch geärgert.

Und was sie von ihm sage, lege sich wie eine Schlinge um ihn und um ihren Hals, ausgedacht habe sie sich das Hinterherspringen oft genug, vom Einer, vom Dreier, vom Fünfmeterturm, von irgendeinem Felsen an der Küste, er hat sich wohl nur ganz leicht vom Schreibtisch meines Vaters abgestoßen, ein kleiner Absprung, tief gefallen sei er nicht, das Abschleppseil aus dem Kofferraum seines Autos habe sich schon ein paar Zentimeter tiefer um seinen Hals herum zugezogen und in die Haut eingeschnitten, sein Genick sei nicht gebrochen, für ein gebrochenes Genick brauche es einen dicken Knoten, einen Knoten, der nach freiem Fall wie eine Faust in den Nacken schlägt und die Wirbelverbindung trennt, sagt sie, das geflochtene Abschleppseil sei nicht gerissen, Kunstfasern dehnen sich.

Die Sekretärin hat ihn am nächsten Morgen gefunden, mein Vater hat sie bald darauf entlassen. Mir hat man gesagt, er sei von Papas Büroschreibtisch gefallen, es sei eine Art Unfall gewesen, und rücksichtsvoll, wie er war, und weil er aus Filmen wußte, was passieren würde, habe er eine große Entwicklerwanne, eine, in der sich große Formate entwickeln, wässern und fixieren lassen, unter dem Deckenhaken aufgestellt, Papa hätte sich sonst auch noch über den verdorbenen Büroteppichboden ärgern müssen.

EIN ABWASCH

Ich würde spülen, wie ihre Mutter spült, ich solle es lieber lassen, außerdem, sagt sie, während wieder Wasser ins Becken läuft, spüle sie sehr sehr gerne. Sie spült die Teller, die ich schon einmal abgewaschen habe, sie spült sie kalt und unter laufendem Wasser und stellt sie naß neben das Becken, sie läßt heißes Wasser ein, sie sagt, sie habe keine Badewanne, sie habe ein schmales Becken neben der Spüle, ihr Nichtschwimmerbecken nur für Besteck, und auf dem Abtropfbrett eine Schüssel mit klarem Wasser, sie mag nicht von Tellern essen, die ein anderer gewaschen hat.

Das Wasser läuft belüftet aus der Leitung, füllt die Becken, bevor Spülmittel auf ihr Spiegelbild fällt, sie läßt die Weingläser tauchen, das Wasser wird weich, dann schaumig, sie spült die Gläser im klaren Wasser aus, spült alles aus, und ich denke an die Hände, die sie vom Spülen haben wird, Handschuhe trägt sie keine. Sie dreht den tiefen Teller unter Wasser, das Bild noch trübe und verschleiert, greift ihn am Rand und bürstet in der Senke, bis das Wasser Blasen wirft, sie ist nie spülmittelsparsam, die Drehung fließt aus dem Handgelenk, sie wiegt die Schüssel im Wasser, sie schürft nach Gold und Silbersalz. Sie bürstet, wäscht ab, wischt mit dem Spülschwamm nach und hat im klaren Wasser wieder einen Lappen, hat Stahlwolle für den Boden des Topfes, flüssige Scheuermittel für Edelstahlpflege, sie schrubbt, bis sie sich wieder sehen kann, sie scheuert mit Flaschenkürbishaut und Bims, sie schickt ihre Haustiere baden und taucht die kleinen Teller unter, auf denen Schokoladenkuchenreste kleben. Sie versenkt die Schüsseln, die schwimmen wollen, *was haben wir in den tieferen Tellern gegessen*, sie hat die Gläser schon gespült, die Kaffeekanne und den Filter, der Kaffee macht das Wasser braun, Safran macht den Kuchen gel, die kleinen Löffel und die großen. Daß ich Milch getrunken habe, sieht sie am Schleier im Glas, sie sagt, ihre Mutter sage, Milch sei Gift, sie aber glaube nicht daran, sie ißt ihr Eis aus kleinen blauen Schüsseln oder gleich aus der Packung.

Sie sagt, ich solle die Zeitung in den Raum für Müll und Altpapier bringen, Zeitungen, die herumliegen, kann sie nicht ertragen. Ihre Mutter habe immer wieder Teller auf Teller in die Spüle gestellt, nachher nebenan gestapelt, und was vom Essen noch auf den Tellern klebte, sei an- und eingetrocknet und von ihr nur noch abzuspachteln gewesen, ihre Mutter habe nie gesagt *ach hast du gespült*, sie habe es so wenig bemerkt, wie wenn sie in der Wohnung saugte, die Wäsche wusch, den Boden wischte. Für diese Dinge habe ihre Mutter sich nie interessiert, sie habe lieber gelesen und sich um ihre Sammlung gekümmert, sie werfe nichts weg, nicht ein Blatt und *eines Tages wird sie in ihrer Wohnung verbrennen*, denn sie hebe alles auf und stapele Bücher zu Türmen und brauche all ihren Platz für ihr Papier, weshalb sie ihr eines Tages mit Geld, von dem sie nichts wußte, diese Wohnung gekauft habe, ein Zimmer, Küche, Bad und ein kurzer Flur, es gibt nur das eine Fenster, die kleine Küche hat den Blick in den Ofen und Ausblick auf das Gitter des Lüftungsschachts.

Wichtig sei vor allem die Reihenfolge, man werfe nie alles auf einmal ins Becken und wasche nicht unter laufendem Wasser ab, die schmutzigsten Teile zuletzt, *dann bleiben den Gläsern keine Schlieren*, das Telephon klingelt. Sie hat keinen Anrufbeantworter, sie hat keinen Screener, sie will gar nicht sicher wissen, wer anruft, sie erkennt ihre Mutter und hört ihre Stimme schon durch das erste Klingeln, sie läuft mit tropfenden Händen zum Telephon, klemmt den Hörer zwischen Kinn und Schlüsselbein, löffelt noch Eis und sagt ins Telephon, *ich esse Brokkoli. Sugar kills you*, habe ihre Mutter ihr hunderttausendmal gesagt, koscher aber sei ihre Küche nie gewesen, *alles Kalte macht dich krank, Kind, iß kein Eis!* und *Milch ist Gift, Kalzium aus Algen ist gesün-*

der! keine Pizza, kein Weißbrot, brauner Reis mit
Sesamsalz und Meersalz, Seetangsuppe, Gemüse,
Gemüse und Algenbrot. Was ist Algenbrot? müßte
ich fragen, und ißt sie auch Insekten, sie aber ist
schon wieder weiter, sie hat nach einem neuen
Topf gegriffen, ihre Mutter bleibt die Stimme, die
ich nebenhöre, eine Frau, die blond einmal war,
die Turnschuhe trägt und viel zu lange Wollpull-
over und Stulpen über den Schuhen, die Tüten
mit Papieren und Zeitungen durch Manhattan
schleppt. Und Taschen mit alten Decken, die sie
auf der Straße verteilt.

Die Tochter spricht ins Telephon und muß
ihre Mutter sprechen lassen, ich höre nicht zu,
ich schaue fern und aus dem Fenster, der Fernseher läuft ohne Ton. Ich sehe durchs Fenster und
durch den Hochwald aus Glas und sehe das Meer
am Ende der Insel, wohin das Spülichtwasser flie-
ßen wird. Wer hier wohnt, muß keine Bilder an
den Wänden haben, dachte ich, bevor ich kam,
aber *auch in Kyoto sehnt man sich nach Kyoto*, sagt
sie, hier hängen Ansichten von anderen Städten,
sie legt den Hörer auf und hört nicht auf zu sprechen, sie läßt heißes Wasser nach, Glas ist auch
nur eine Flüssigkeit, eine, die nicht fließt, ein-
gelegt kann die Vergangenheit sich halten. Ihre
Mutter steht auf dem Fensterbrett vor der Aussicht, blonder als heute, sagt sie, schwarz das
Haar ihres Vaters, der auf dem Photo neben ihrer
Mutter sitzt, die Scheibe ist nicht entspiegelt, wer

sich da anschaut, sieht sich auch selbst, sie spült die Aschenbecher aus.

Ihr Vater, sagt sie, es platscht im Becken, und Wasser spritzt an die Wand, die Tropfen perlen ab und weinen wie Nasen im Lack die Tapete hinunter, nur schneller, ihr Vater, sagt sie, rufe nicht mehr an, er sei vor Jahren in Paris auf einem Bürgersteig gestorben, umgefallen, tot, Herzversagen hieß es, sie glaube, er sei vom persischen Geheimdienst ermordet worden. Sie hat nicht viel von ihm behalten, die Haare, die Augenbrauen und die dunklen Augen, sie erinnere sich kaum, sie sagt, *nie wirft meine Mutter irgend etwas weg, von ihm aber hat sie nichts behalten, in ihrem Leben ist von ihm nur die Tochter geblieben* – sie sucht eine Kuchengabel, weiter unten im Wasser, ihr Arm verschwindet bis an den Ellenbogen – und erst als er tot war und ihre Mutter in Nachlaßangelegenheiten in Paris zu tun gehabt habe, sei plötzlich eine zweite Frau ihres Vaters und mit ihr zwei Töchter, Schwestern also, Halbschwestern, aufgetaucht, ihr Vater aber sei auch mit ihrer Mutter verheiratet gewesen, geschieden wurden ihre Eltern nie.

Ich lese die Titel auf den Rücken ihrer Taschenbücher im Regal, Nachkriegsromane, die man in Saint-Germain gelesen haben mußte; Bildbände *Paris in thousand Pictures* und ein *Michelin* für den Süden, Wörterbücher und Reiseführer, *Let's go Europe*, *Lonley Planet Middle East*, Handbücher für die Suche nach Vorgeschichte. Ich könnte sagen *Anwesenheit ist auch nur ein Sonderfall von Abwesenheit*, sage aber nichts. Sie ist in Teheran geboren, während der Revolution, sie war noch ein Kleinkind, ging ihre Mutter mit ihr zurück nach New York, sie hat immer hier gewohnt, bis auf das Jahr in Europa. Von ihrem Leben weiß ich sonst nur, was sie mir sagt. Sie hält die aufgeweichten Hände unter Wasser und im Schaum beschäftigt, ich weiß, wie ihre Finger sich anfühlen müssen, ihre Haut wirft runzlige Wellen, ihre Hände halten die Dekompressionszeit nicht ein, zu schnelles Auftauchen ist gefährlich, sie stellt die letzte Untertasse zum Trocknen ins Licht. *Nach dem Spülen*, sagt sie, *nach dem Spülen schneide ich mir die Fingernägel*, spülwasserweich wie sie geworden sind, geht das ganz leicht; sie schwimmt von einem zum andern, Schwimmhäute sind ihr noch nicht gewachsen, manchmal spricht sie noch französisch, englisch klingt sie anders, ist immer einmal Lachen weiter, und spricht schon wieder von der zweiten Frau ihres Vaters, der Perserin in Paris, die heute mit einem Taxifahrer verheiratet sei, ebenfalls einem Perser. Der Sommer sei trocken und heiß in Teheran und feucht am südlichen Ufer des Kaspischen Meeres, und Farsi, sagt sie, Farsi sei das Französisch des Orients. Der Taxifahrer, der zweite Mann der zweiten Frau ihres Vaters, habe sie einmal ans Grab ihres Vaters gefahren, der liege in Bagneux begraben, dem Friedhof für die weniger berühmten Toten, südlich von Paris, und er, der Taxifahrer, der vor der Revolution wer weiß was war, soll ein entfernter Cousin ihres Vaters sein, jedenfalls habe er ihren Vater, wie er sagte, schon als Kind gekannt, er habe ihr auch vom Sommer am Kaspischen Meer erzählt.

An der Drehung des Wassers über dem Abfluß erkenne sie die Hemisphäre, am Grund liegt ein Sieb, da bleibt nach dem letzten Gurgeln die Gelatine hängen, was vom Spülicht übrigbleibt, größere Brocken, Nudeln, lange Haare, Essensreste aufgeweicht. Der Sommer sei heiß und trocken in Teheran, sie habe immer auf dem Boden geschlafen, auf einem Teppich unter einer dünnen Decke, sie habe sich daran gewöhnt, und in den Häusern ihrer unbekannten Verwandtschaft trage man hinter der Hoftür keine Schleier, die Satellitenschüsseln, durch die ins Haus komme, was eigentlich verboten sei, stünden nur noch leicht getarnt im Garten, nicht immer habe sie alles verstanden, dann aber eines Tages, daß ein Onkel, ein jüngerer Halbbruder ihres Vaters, sie heiraten wolle, worauf sie krank geworden sei und zwanzig Pfund verloren habe, nicht immer sei alles sauber gewesen, sagt sie und kommt ins Zimmer, sie wischt über den Tisch vor dem Sofa, sie wischt den Staub vom Boden, sammelt die Sesamsamen auf, die vom Tisch gefallen sind, und spricht von ihrem Vater, dem Toten vom Ufer des Boulevard

Bonne-Nouvelle, sie sucht nach Krümeln, die man sonst nicht findet. Und ich weiß schon, sie schläft schnell ein, wenn sie einmal auf dem Teppich, der persischen Brücke vor dem Fernseher liegt, Fernsehlicht schaut auf sie zurück und flakkert über ihr Bett, und ihre Hände werden sich, wenn ihr kalt wird, gefaltet zwischen ihre Beine oder, die Handflächen übereinander, in den Bund ihrer Schlafanzughose schieben; die Schlafanzughose hat sie seit dem Badezimmer an, sie ist schon wieder frisch gewaschen, hat nasses Haar, sie duscht sich morgens und am Abend. Sie wacht noch einmal auf, da liege auch ich schon stiller, *was ganz ganz groß war, ist schon vorbei, so vergeht die Zeit, von Zwischenraum zu Zwischenraum –* so viel Weisheit weckt mich wieder, oder habe ich mich verhört? Und sie spricht nur im Schlaf, wie von unterwasser weiter, ihre Wimpern werden wieder naß, sie reißt ihre Augen auf, sie hat die schwarze Farbe von ihrem Vater, ihre Lider abgeschminkt, ihr Haar, die Brauen, die Komplexion und die Nase, von der sie glaubt, sie sei zu lang, sie schläft und spricht noch weiter. Und durch ihr nasses Haar in der Spange läuft ein Tropfen und tropft ihr in den Nacken, sie legt den Kopf zurück und streift mit der Hand über die eigene Haut, sie dreht sich neben mir und legt sich wieder. Das Geschirr muß schon getrocknet sein, nur der Wasserhahn tropft im Takt mit den roten Helikopterlichtern auf dem großen Doppeltotem, den Zwillingstürmen vor dem Fenster, ich habe die Zeitung nicht hinausgetragen, vielleicht wird das Telephon noch einmal läuten. Sie wird nicht aufwachen von dem Schnarren des Apparats, der in der Küche steht, ich werde abheben, und ihre Mutter wird nur wissen wollen, was sie gegessen habe, mich wird sie fragen, *hast du wieder Milch getrunken*, und sagen *Gute Nacht*, und ich im Echo die *Nacht* nicht in ihrem Tonfall treffen. Schwemm- und Schwebeteilchen liegen wieder, ein Wassertropfen und morgen, morgen wird das Geschirr schon beim Frühstück wieder schmutzig werden.

KARAOKE

Ausgebrannt, meine Wohnung ist ausgebrannt. Sonst würde ich nicht hier wohnen, sagt er, drückt sich Zahnpasta auf die Zahnbürste und fängt an, sich die Zähne zu putzen, mit Peroxid und Natriumcarbonat, Tyler sagt *Baking Soda*, und *meine Wohnung ist ausgebrannt, vielleicht fliege ich nach Japan*, er sagt, *ich liebe meine Zähne, und ich liebe sie weiß* und *Kaffee färbt den Zahnschmelz*. Er steht in der Tür zum Badezimmer, zeigt mit der Zahnbürste auf die Wand, hat weißen Schaum vor dem Mund, sagt, *Zähne sind ziemlich teuer*, und grinst sich im Spiegel an. Er fährt sich mit der Zungenspitze über die Vorderseite der beiden oberen Schneidezähne, sagt, *mit der Zungenspitze kommen meine Zähne mir immer größer vor als mit dem Finger*, putzt sich die Zähne, läuft dabei auf und ab und sagt dann, er sei heute vier oder fünf Meilen gelaufen, *hinauf und hinunter und immer geradeaus, Governs Hill hinauf und Russian Hill hinunter, mein Schrittzähler läuft immer mit, ich laufe, bis mir die Beine wie Würstchen aus dem Körper hängen*. Er läßt das Wasser weiterlaufen, *man kann die Zähne auch putzen, bis das Zahnfleisch blutet*, und *vielleicht fliege ich zu Itsuko*, spuckt weißen Schaum ins Becken, spült sich den Mund und spuckt aus, *Zahnbelag entfernt man am besten mit der Gummispitze eines Zahnfleischmassagestabs, ich bohre gern mit einem Nippel in meinen Zähnen*, sagt er und fängt mit den Liegestützen an, *twentyfour, fortyeight, sixty push-ups*, sechzig Liegestützen, jeden Tag mehr Muskeln, *you have to focus on your body*, Bücher über fitness und shaping und Sport und Ernährung, *Well being in your body* und *How to build muscles* liegen auf dem Nachttisch, *focus on your body*, sagt er, seine Kopfhaut schimmert hier und da durch sein kurzes Haar, *kommt auf dich an, was du aus deinen glatten und deinen quergestreiften Muskeln machst, mit zwölf Metern Haar, die dir heute und morgen wachsen, mit vierhundertmillionen Spermien und zehntausend Litern Blut, die dein Herz jeden Tag bewegt*, sein Haar wächst im Kreis um einen Wirbel, und ich fühle, als würde ich mich plötzlich für sie interessieren, mit der Zunge in meinem Mund nach meinen Zähnen.

Tyler sagt, *ich putze mir jeden Abend so lange wie möglich die Zähne, manchmal putze ich so lange, bis das Zahnfleisch blutet, dann die Liegestützen, dann schreibe ich auf, was ich gegessen habe, ich schreibe jeden Abend auf, was ich gegessen habe, jeden Abend jede Kalorie, and what my body burns, meine Fettbuchführung, Bananen und*

Bagels, Kohlehydrate und Milch, er schreibt in ein gebundenes Notizbuch und läßt die linke Seite frei, links scheint die Schrift vom Vortag durch, er notiert, wie viele Powerbars er gegessen und wie viele Liter Milch er getrunken hat, er sagt, *Marines laufen acht Meilen am Tag, singen dabei und lernen mit den Händen zu töten*, er schreibt Kalorientagebuch, Eingangskontrolle, Ausgangskontrolle, erinnert sich an alle Äpfel und Bananen und sagt dann, *mein Fernseher und mein Videorecorder, fast alle meine Kleider und vier oder fünf eingelaufene Laufschuhpaare sind verbrannt, meine Wohnung ist ausgebrannt. Mein Leben paßt wieder in eine Reisetasche. Ich könnte mir ein neues Leben kaufen, ich könnte nach Japan fliegen, ich habe ja meine Kreditkarten noch*, er zieht eine hellblaue, kurze Schlafanzughose an und legt sich auf sein Bett. Zwischen den Betten steht der Nachttisch, darauf die Lampe, das Telephon und die Bücher, die Nachttischschublade ist bis zum Rand mit abgepackter Sportlernahrung gefüllt.

Am nächsten Abend fragt er, was ich essen wolle, koreanisch, japanisch, chinesisch, vietnamesisch, er sagt, *du kannst hier alles haben*, und zeigt mir ein Schaufenster, in dem gebackene Enten hängen, sie hängen mit dem Schnabel in einem Ring, ihre Augen sind im Ofen ausgetrocknet, ihre Flügel abgeschnitten. Wir essen koreanisch, mieten uns eine Karaoke-Box und trinken Dosenbier. Die Box ist klein und hat keine Fenster, Tyler sagt, *sie ist klein und kompakt wie ein Zimmer in einem japanischen Bordell.* Wir blättern durch die Ringbuchordner mit den endlosen Listen japanischer, koreanischer und englischer Titel, wir sehen die immergleichen nachgedrehten Videos: japanische Mädchen in Schuluniformen, Straßenszenen in einer japanischen Stadt, große, traurige Augen, Hochhäuser, der Strand, das Meer. Die immergleiche Liedgeschichte. Wir singen und trinken und reichen das Mikrophon hin und her und lesen, als hätte das Leben Untertitel, den Text vom Bildschirm ab. An der Decke über uns dreht sich eine kleine Diskokugel, Tyler trinkt die vierte Dose, da fängt er wieder von Japan an.

Auf dem Heimweg über die Hügel erzählt er von der Frau des Fischers in Oregon, *das erste Mal kam ich bloß zum Rasenmähen, als ich aber fertig war und eben gehen wollte, kam sie auf die Veranda und rief mich ins Haus, gab mir zu trinken und sagte, ihr Mann sei auf See, ich sah, daß noch Gras an meinen Schuhen und meinen Beinen klebte, ich nuckelte an meiner Coke und aß von dem Fertigkuchen, den sie mir anbot, sie sagte, willst du ein frisches T-Shirt, willst du nicht duschen, sagte sie und zog mich aus der Küche ins Schlafzimmer. Sie trug einen Jeans-Overall, hatte blondierte Haare und trat gelegentlich als Sängerin auf. Bald hatte sie ihre Hand in meiner Unterhose und fing mit*

Sachen an, die ich bis dahin nur aus Pornofilmen kannte. Ihr Schamhaar war hart und struppig, und das Gras, das auf meinen Beinen geklebt hatte, verteilten wir in ihrem Bett. Ich schnitt den Rasen einen Sommer lang, ein- oder zweimal die Woche, dann brachte ich einen Freund mit und überließ die Arbeit ihm.

Am Wochenende fahren wir nachts in einem Chevy oder einem Jeep Blazer durch die Tunnel, die Hügel hinauf und die Serpentinen hinunter, Tyler kann die Autos zu Firmenkonditionen mieten, wir fahren nachts über den leeren Parkplatz zwischen den Militärbaracken, auf dem abgestellte Panzer an den Sieg im Pazifik, im Krieg gegen die Japaner, erinnern, Tyler fährt über hohe Bordsteinkanten und spielt Straßen von San Francisco. Morgens, auf dem Weg in die Berge, zeigt er mir sein Büro, Tyler verkauft Kopier, Kopierkonzepte, es gibt drei Computer, aber kein Fenster. *Im Computer finde ich Post von Itsuko, und manchmal rufe ich sie von hier an, frage, was macht deine Manko, und manchmal, wenn sie mir einen Gefallen tun will, geht sie mit dem Telephon in der Hand aufs Klo, company pays, ich hör sie so gern, die Firma zahlt die Rechnung,* sagt er, *private Ferngespräche auf Firmenkosten spielen keine Rolle, dafür habe ich mich verkauft, ich weiß, wieviel die Firma durch mich verdient, ich bin Sklave, ich habe einen Rasierer und eine Zahnbürste im*

Büro, ich bin Verkäufer, ich führe Kunden aus, darf Geschäftsessen bezahlen, Entscheidungsträger verwöhnen und verwöhnen lassen, company pays. Und ich weiß, wieviel die Firma mit mir verdient, I make money. I make a lot of money, sagt er, da fahren wir über die Bay Bridge nach Oakland und dann durch die grüne Hügellandschaft, an Sacramento vorbei, weiter nach Lake Tahoe. Wir fahren Ski, lernen zwei Mädchen kennen und verlieren sie wieder. Und fahren über die Grenze, von der man nichts sieht, hinüber nach Nevada, ins Casino. Die Drinks im Casino sind klein, aber umsonst. An einem einarmigen Banditen gewinnen wir dreihundert Dollar, die wir gegen Tylers laute Sehnsucht in einem japanischen Restaurant verfressen. Während des Essens, ich glaube, er ist wieder betrunken, zählt er die Namen all seiner Geschwister auf, die Geschwister heißen Trevor, Toby, Tosha, Thomas, Tina und Tonja. *Das mit den Ts war ein Tick meiner Mutter*, sagt er, *Mummy war eine dünne Elfe, sie machte eine Tanzschule auf und wollte immer, daß ich tanze. Mein Vater war in Japan stationiert, später in Vietnam, mein Onkel ist dort gefallen. Daddy träumt hin und wieder, er träumt von Wasser im Maschinenraum und legt zu Weihnachten, und auch sonst, wenn es ihm schlechtgeht, gern seine Schwimmweste an. Seine Schwimmweste hängt immer griffbereit im Schrank, Weihnachten dachte er immer, wir würden untergehen. Und nie,*

nie traute meine Mutter sich zu sagen, er sei ver-
rückt. Wir haben die guten Kinder dazu gespielt,
ich habe die Veranda gekehrt, den Zaun gestrichen
und den Rasen gemäht. Mit siebzehn bin ich ausge-
zogen.

Ein Leihwagenwochenende später halten wir auf
der Küstenstraße nach Monterey auf einem Parkplatz über dem Meer, vor einem Lieferwagen
verkauft eine Frau in Boots ausgebleichte Rinder-
schädel, *what a loser's job*, sagt Tyler, die Frau und
ihre Schädel grinsen uns an. Wir spazieren ein
Stück am Ufer entlang und schauen den Möwen,
den Robben und den Wellen zu. *Das Wasser reicht*
von hier bis nach Japan, sagt er, *Yokohama liegt auf*
der anderen Seite, und ich denke zum ersten Mal,
daß es Itsuko vielleicht gar nicht gibt, vielleicht
sagt er immer nur ihren Namen.
    Wir halten noch einmal, diesmal an einem
Vergnügungspark. An einer der Buden schießen
wir mit Druckluftkanonen Tennisbälle auf Sand-
säcke. Die Flugbahn der Bälle beschreibt eine
flache Parabel, jeder getroffene Sandsack gibt ein
nasses, stöhnendes Geräusch von sich. *So hat*
mein Vater auf den Vietcong geschossen, sagt Tyler,
und für einen Augenblick löst sich die Spannung
in seinem Gesicht.

Noch ein Leihwagenwochenende später fährt er
mich zum Flughafen zurück, wir geben uns die

Hand, wir tun so, als sei nichts gewesen. Nach dem Start sehe ich Bay und Oakland Bridge aus dem Flugzeugfenster. Und fühle mit der Zungenspitze nach meinen Zähnen.

TELENOVELA

Alle ihre mexikanischen Tanten wollten mich sehen. Die Schwestern ihrer toten Mutter, ihre Großmutter und deren Schwestern luden mich ein. Ich wurde vorgeführt und sollte von Europa erzählen, Do sagte: Wir haben uns in Paris kennengelernt, an der Sorbonne. Sorbonne konnte sie sehr gut sagen. Und natürlich sagte sie nie: Es war nur ein Sprachkurs, den sich jeder kaufen kann. Wurde ich gefragt, was ich mache, sagte ich: Ich habe meinen Abschluß gemacht, am 4. Januar fange ich an zu arbeiten.

In einer Bank, sagte ich, wenn nachgefragt wurde.

Nach dem dritten oder vierten Tantenmittagessen, nach dem Mittagessen bei der jüngsten Schwester ihrer toten Mutter, wollte Do, sie sagte, es sei nicht weit, mir das Haus zeigen, in dem sie aufgewachsen war. Sie selbst wohnte in einem Zimmer im Haus ihrer Großmutter.

Sie steuerte den Wagen vorbei an Villen, blühenden Gärten und Einfahrten, in denen Männer mit Maschinenpistolen standen, die Straße schlängelte sich den Berg hinauf. Ich war schon fast

eine Woche da, schlafen durfte ich bei ihrer Großmutter nicht.

Von dem Haus – sie sagte, es stehe die meiste
Zeit leer, nur ihr Vater komme hin und wieder
her – war von der Straße nur eine Mauer mit Glas-
scherben auf der Krone zu sehen. Zum Öffnen
des Tors, das dann automatisch zur Seite glitt,
mußte Do zwei Schlüssel gleichzeitig drehen, für
die Haustür brauchte sie einen dritten.

Die Bilder hat meine Tante abgehängt und ein-
gelagert, sagte sie und führte mich in das erste
Wohnzimmer, Folien lagen über den Sitz- und
Polstermöbeln, die Fensterläden waren geschlossen. Nur über den Flur, der durch einen Innen-
hof beleuchtet war, kam Licht.

Barroco hollywoodiano, erklärte Do. Es soll
aussehen, als wären Teile älterer Häuser und unbe-
hauene Steine verbaut worden.

Die meisten Wände waren in kräftigen Farben
dunkelgrün oder karmesin gestrichen, jeder Tür-
stock war von Porphyritranken umgeben, und in
den Fugen zwischen dem rohen Mauerwerk einer
Wand steckten kleine Steinchen. In ihrem Zimmer
roch es nach Blumenerde, eines der Fenster zum
Hof war zerbrochen. Sie zog zwei Photoalben
aus ihrem Schreibtisch, schlug das abgegriffenere
auf und zeigte mir Bilder eines dicken Säuglings
mit großen grünen Augen. Do am Strand, Do am
Wasser, sie sagte, ein Kind lernt schwimmen, eins
geht in die Schule. Sie zeigte mir ihre erste Kom-

munion, Geburtstagsfeiern, ein kleines Mädchen auf der Sonnenpyramide von Teotihuacan, ein größeres auf dem Empire State Building. Und immer wieder am Strand. Fiesta de Quince Años, mit sechzehn, unerkennbar unter Schminke auf einem Laufsteg, dann ihr Vater, jünger, als ich ihn kannte. Und Bilder ihrer Mutter. Hin und wieder Untertitel, der zweite Band endete mit dem Photo des Abschlußjahrgangs. Meine Photoalben, erinnerte ich mich, hören viel früher auf, meine Eltern haben nicht viel eingeklebt, meine Photos, meine Familienphotos liegen in Phototaschen, in Kartons, in irgendeiner eingelagerten Umzugskiste.

Do, da meinte sie, es sei Zeit für die Telenovela, vermißte den Fernseher in ihrem Zimmer: Papa muß ihn mit ins Schlafzimmer genommen haben, sagte sie und ging, ich folgte ihr, einige Meter durch einen Flur in ein fensterloses Ankleidezimmer, in dem alle Türen der in die Wände eingelassenen Schränke mit Stoff bespannt waren.

Die älteren Sachen meiner Mutter, die Kleider, die meine Tante nach Mamas Tod nicht mehr haben wollte, liegen noch hier, sagte sie. Und erzählte, ein Dienstmädchen sei einmal in einem uralten Rock ihrer Mutter erwischt und daraufhin entlassen worden.

Ich hatte nicht viel aus der Wohnung meiner Eltern behalten. Ich hatte fast alles der Kleiderstube St. Augustin überlassen, der Einrichtung, in der ich selbst meine Zivildienstzeit verbracht und alte Radios, Toaster, Kaffeekannen und andere Sammlerstücke aus den fünfziger Jahren geklaut hatte. Damals hatte ich nicht im Traum daran gedacht, daß auch der Hausrat meiner Eltern dort enden würde. Die Zivis, vier oder fünf Jahre jünger als ich, kamen am späten Vormittag. Nachmittags war die Wohnung leer.

Hinter dem Ankleidezimmer, hinter den Stoffschiebetüren, schaltete Do den oberen der beiden Fernseher ein, die dort aufeinander standen, und warf sich mit der Fernbedienung aufs Bett. Ich blieb vor einem der Fenster stehen, die überall bis zum Boden reichten. Unter dem Haus fiel der Hang steil ab, der Blick ging über das Tal, Do sagte: Lange nicht die ganze Stadt – aber an sehr klaren Tagen kannst du den Popocatepetl sehen.

Und ich versuchte nicht daran zu denken, daß ich in vier Tagen in Düsseldorf sein mußte.

Die Fernsehstimme erzählte die Morde von heute, danach ging es, wie immer in diesen Tagen, um den in irgendeinem Garten gefundenen Schädel und die Hellseherin, die vorhergesehen haben wollte, daß die Leiche des lange vermißten Generalstaatsanwalts ebendort vergraben worden sei. Bald lag auch ich auf dem Bett, lag neben Do, streckte die Hand aus und legte sie ihr auf die Schulter. Die Telenovela begann, und Do fing an, mir den ein oder anderen Handlungsstrang zu erklären, ich schob meine Hand von der Schulter auf den Rücken und dann hinauf in ihren Nacken. Sie versuchte noch, mir die Sache mit dem verliebten Geschwisterpaar zu erklären, da drehte sie plötzlich den Kopf vom Fernseher weg und fing an, mich zu küssen. Vielleicht aber würde sie auch behaupten, ich hätte wieder mit dem Küssen angefangen.

In der Telenovela, der Fernseher lief weiter, erwischte die Architektin ihren Mann, den Mariachisänger, mit seiner Geliebten, Do knöpfte mir die Hose auf, die Geliebte des Mariachis rannte aus dem Haus, und Do knöpfte auch ihre Hose auf.

Am nächsten Tag, am 31. Dezember, kam sie nicht ins Hotel, ihre Kennzeichenendziffer hatte Fahrverbot. Am Telephon sagte sie, ich solle zur Wohnung ihres Onkels, eines Bruders ihres Vaters, kommen. Ich nahm ein Taxi, einen der grün-weißen Käfer, der innen, ohne den demontierten Beifahrersitz, ungewohnt geräumig wirkte. Die Stadtautobahn führte vorbei an riesigen Plakatwänden und Milchtüten groß wie Häusern, die von innen leuchteten. Wo große Lücken waren und Häuser fehlten, dachte ich an das Erdbeben, und mir fiel die Lampe ein, von der Do mir erzählt hatte, die Lampe, die plötzlich nicht mehr gerade nach unten gehangen, sondern waagerecht über dem Frühstückstisch gestanden sei und dann nur noch wild geschaukelt habe.

Ihr Onkel wohnte weit im Süden, in einer bewachten Anlage, die bessere Zeiten gesehen hatte. Im Aufzug fehlte der Knopf für den zwölften Stock. Sie kam an die Tür, ihr Vater und ihr Onkel saßen an einem Tisch im Wohnzimmer und schoben sich Dominosteine zu, der Fernseher lief. Do ließ sich neben ihren kleinen Bruder aufs Sofa fallen, ihre Augenbrauen zeigten wie zerzauste Borstenpinsel zum Haaransatz hinauf. Der Bildschirm zeigte erst den Mariachi, dann einen anderen Mann, der die Frau des Mariachis küßte. Kurze Zeit später küßte sich ein junges Paar.

Waren sie nicht gestern noch Geschwister?

Ja, schon. Nur wissen sie noch nichts davon.

Wir essen erst nächstes Jahr, bis dahin müssen wir trinken, sagte ihr Onkel, er mischte die Dominosteine und fragte, was ich mache. Ich sagte meinen Spruch mit dem Abschluß auf und: In vier Tagen fange ich bei der Westdeutschen Landesbank an.

Rum oder Whisky? fragte ihr Vater, eine Schüssel mit Eis stand zwischen den Flaschen.

Je höher die Berge um einen herum, desto stärker der Trost, den man braucht, ich rate zu Rum, sagte ihr Onkel und erzählte, seine Firma entwickle automatische Bewässerungssysteme. Früher habe man hier ja viel mehr Wasser gehabt, früher ist da, wo heute die Stadt ist, ein See gewesen, und Tenochtitlán, die große Stadt, die hier schon stand, als die Spanier kamen, mußte übers Wasser erobert werden.

Ich wußte nicht, ob die Höhenluft oder der Cuba libre wirkte, ich sah Schnee und Vulkanasche vor dem Fenster, und mir fiel ein, wie ich mich nach Beendigung aller Formalitäten, nach der Haushaltsauflösung, der Sache mit dem Rechtsanwalt und dem Verkauf der Wohnung für ein Austauschprogramm beworben hatte, einen Platz bekam und nach Paris ging. Ich mietete mir erst ein Zimmer, dann eine Wohnung und kaufte mir einen Platz in dem Sprachkurs an der Sorbonne. Und hatte bald keine Lust mehr, zurück nach Köln zu gehen.

Do zog mich in die Küche, legte mir drei große Kuchenkrümmel auf die Unterlippe und schob sie mir mit ihrer Zunge in den Mund. Das Mädchen hatte frei, den Tisch deckten wir selber. Ihr Vater wechselte sein Hemd und band sich, er kam noch ohne Knoten ins Wohnzimmer zurück, eine rote Krawatte um, ihr Onkel zog sein Jackett über, ihr Bruder riß Feuerwerkskörper und Raketen aus ihrer Plastikverpackung, zündete drei Kracher auf einmal an und ließ einen davon im Zimmer explodieren. Und ich, als sei ich auf einmal dazu verpflichtet, mich zu erinnern, erinnerte mich an den letzten Silvesterabend mit meiner Mutter, Mama war nicht krank, rief aber jeden Tag an, um von neuen Krankheitsbildern zu berichten, teilte mir den Eingang jedes geschäftlichen Briefes, jeder Rechnung, jede kaputte Glühbirne mit. Sie war beleidigt, wenn ich sagte, ich kann nicht kommen. In der letzten Silvesternacht saßen wir im Wohnzimmer, vier oder fünf Partylichter, Kerzen in großen, flachen Aluschüsseln, standen auf der Terrasse und brannten mit blaugelber, rotgelber und grüngelber Flamme. Meiner Mutter, Papa war schon vier Jahre tot, gefiel das ganz gut.

In dem Sprachkurs an der Sorbonne war Do die einzige, die mich interessierte, so also, dachte ich, sieht eine aztekische Prinzessin aus. Die aztekische Prinzessin stellte nun Weingläser mit geschälten Trauben auf die Gedeckteller. Die geschälten Trauben – um ihnen die Haut abziehen zu können, hatte Do sie blanchiert – sahen wie grüne Augäpfel aus.

Für jeden kommenden Monat eine, aber du darfst sie nicht zerkauen, du mußt sie ganz schlucken.

So sind schon viele Leute in den ersten Minuten des neuen Jahres erstickt, aber wir haben ja keine Angst vor dem Tod, sagte ihr Onkel.

Bevor die Uhr zum zwölften Mal schlägt, mußt du alle Trauben unzerkaut verschluckt haben, sonst erfüllen sich die Wünsche nicht, sagte Do, und mir fiel ein, daß wir, wir zu Hause, natürlich immer im alten Jahr gegessen hatten, lange vor Mitternacht, lange vor dem neuen Jahr mit dem Fondue angefangen hatten, das immer ein wenig nach dem Spiritus roch, der unter dem Kupferkessel verbrannte. Von Mama vorgeschnittene Fleischstückchen mußten auf die Fonduegabeln mit Farbmarkierungen gespießt werden, Papa und ich benutzten jeder immer gleich zwei, Mama nur eine.

Do sah die Zeit im Fernseher, zählte die letzten Sekunden laut mit und schrie, als die große Glocke auf dem Bildschirm zu schlagen anfing. Wie die anderen um mich herum, fing ich an, die Trauben in mich hineinzustopfen. Und obwohl Do mir noch einmal eingeschärft hatte, auch ja und nur an meine Wünsche zu denken, fiel mir nach der zweiten Traube ein, daß ich früher immer gedacht hatte, im neuen Jahr würde alles anders, viel besser, schöner, so wie die Zeit nach Weihnachten werden, von einem großen Haufen neuer Spielsachen umgeben. Nach der vierten Traube, ich hörte die Schläge der größten Glocke der Kathedrale am Zócalo aus dem Fernsehlautsprecher, fragte ich mich, wie das wäre, wenn alles für einen erst ewigen, dann komischen Augenblick stillstehen bliebe, jede Falte, jedes Haar und die Spiegelbilder auf unseren Pupillen; ein Standbild der Dauer. Nach der nächsten Traube hatte ich das Gefühl, der großen Löschtaste, die es irgendwo innen, tief drinnen doch geben muß, näher zu kommen. Die restlichen Trauben stopfte ich mit den letzten Glockenschlägen in mich hinein.

Ihr Vater sprach dann über die Flaschen auf dem Tisch hinweg ein Padre nuestro und erinnerte an seine Frau, sein Sohn fing an zu weinen. Er weinte, bis er die erste Rakete abgeschossen hatte, die er einfach waagerecht aus dem Fenster fliegen ließ. Einen Kanonenschlag warf er erst im letzten Moment hinaus, die zerrissene Hülle segelte hinunter in den Garten. Ihr Vater mischte neue Cubitas, Do photographierte uns vor dem explodierenden Himmel und ließ ihren Vater uns beide photographieren. Und ich sah uns schon, ich war ein Andenken geworden, in einem ihrer Photoalben.

Fünf Stunden später lag ich unter drei oder vier Wolldecken auf der Couch, ein Jahr vorbei, wieder eins mehr, eines weniger, die Tage drehten sich, tanzten, blätterten sich vor mir auf. Und ich träumte meine zehntausend Tage, vom Krater des Popocatepetl und der Eroberung Tenochtitláns durch bessere Bewässerungstechniker. Und vom abgehackten Arm des Generals Obregon, den ich in Spiritus hatte schwimmen sehen, Mexiko schwappte durcheinander, hohe See, schwimmende Inseln und die Tomaten, die auf der schwimmenden Insel wuchsen, auf der La Gorda wohnte, La Gorda und ich. Und der bärtige Hernán Cortés mußte die Stadt mit flachen Booten erobern, den Schwefel für Schwarz- und Schießpulver aber in einem Käfer aus dem Krater des Popocatepetl holen, früher war überall Wasser, überall war Wasser, die Stadt war eine Insel, flüsterte ihr Onkel, dann ihr Vater mir im Traum immer wieder ein, ins Ohr, Cortés trat in Rüstung auf, vier große Milchtüten leuchteten um ihn herum.

Es war hell, als ihr Vater an meiner Couch vorbeikam und mich, in meinen Halbschlaf hinein, fragte, ob ich mit frühstücken kommen wolle. Er wartete und stieg dann mit mir in den Käfer, seinen Bolcho, wie er sagte, das Auto für die Tage, an denen er mit dem Nummernschild seines anderen Wagens nicht fahren durfte. Wir hielten vor einer Bank, Dos Vater zog am Autoschalter Geld, und hielten noch einmal vor der Kathedrale von Coyoacan. Für einen Blick ins Kirchenschiff schickte er mich bis zum Portal, ich schaute in die Kirche und kam einen Moment später wieder zurück; der Tag war klar und blau, die Kammlinie des Kessels zog sich um die ganze Stadt herum. Ich kam mir vor wie auf einem anderen Planeten.

Den Wagen parkte ihr Vater dann in eine Seitenstraße, im Hof eines Hauses aus den dreißiger Jahren. Oben, in seiner Wohnung, sagte er: Wenn du zu Hause anrufen willst, bitte, telephonier, wohin du willst. Und verschwand im Badezimmer. Das Telephon, ein schweres, älteres Modell, stand neben einem Reliefglobus auf einer geschnitzten Anrichte. In Europa mußte schon wieder Abend sein, und ich wußte nicht, wen ich anrufen sollte. Mir fiel niemand ein, bei dem ein Neujahrsanruf aus Übersee nicht übertrieben gewesen wäre. Über die weite, auf dem

Globus blau-zerfurchte Fläche hinweg dachte ich an den Flur in der Wohnung meiner Eltern, das alte Wählscheibentelephon, kurz vor der Glastür zum Wohnzimmer. Und einen Augenblick dachte ich, ich könnte zu Hause anrufen. Und wie immer Mama am Apparat haben, Papa ging ja nie ran.

Auf dem Globus, der gleich neben dem Telephon stand, fuhr ich mit der Zeigefingerspitze die Küstenlinie entlang, dann am Kontinentalschelf. Der mittelatlantische Rücken fühlte sich wie eine tiefe Narbe an. Der junge Witwer, der Vater der Frau, die ich von Europa aus für meine große Liebe gehalten hatte, kam gekämmt aus dem Badezimmer, sein Haar, noch so schwarz wie das seiner Tochter, hing ihm gescheitelt in die Stirn. Er trug wieder ein frisches Hemd.

Wir fuhren zur Markthalle von Coyoacan, an einer Bar bestellte er Muscheln und Michelada, Bier mit Salz und Zitrone sei nach so einer Nacht genau das Richtige, meinte er und drehte sich auf seinem Hocker so, daß auch er die vorübergehenden Frauen sehen konnte. Als ich schon die dritte oder vierte Muschel im Mund hatte, zeigte er mir, daß der Schließmuskel der Muscheln zuckt, wenn er von Zitronensaft getroffen wird.

Wieder im Auto, freute er sich über jede rote Ampel, unter der wir hindurchfahren konnten. Die Avenidas waren breit wie Landebahnen, ausnahmsweise kaum Verkehr, sagte er, ausnahmsweise sieben leere Spuren.

Do schlief noch, als wir zurück in die Onkelwohnung kamen. Ihr Vater setzte sich an den Spieltisch und mischte die Dominosteine, ich ging in die Küche und versuchte – das Mädchen war noch nicht wieder da – Kaffee zu kochen. Vom Fenster sah ich, daß das große gestufte Gebäude, das ich in der Nacht zuvor für eine Pyramide gehalten hatte, ein riesiges Einkaufszentrum war.

Ihr Bruder zeigte mir die Spielautomatenhalle, die es zwischen den Läden in der Wohnanlage gab, wir spielten Ballerspiele und Tischfußball, die Wörter, die ich nicht verstand, sprach er mir Silbe für Silbe ganz langsam vor. Und berichtigte mich, wenn ich falsch betont wiederholte. Draußen, zwischen den Hochhäusern, lagen überall Reste der detonierten Kracher, die meisten der zerfetzten, aufgeblätterten Papierhülsen auf dem gekachelten Boden des leeren Schwimmbeckens. Do, sie war endlich aufgewacht, beugte sich aus dem Fenster zwölf Stockwerke über uns und winkte.

Oben roch dann das ganze Appartement nach ihrem frisch gewaschenen Haar. Ihr Haar war trocken, als wieder Zeit für die Telenovela war; wir blieben nicht vor dem Wohnzimmerfernseher sitzen, sondern legten uns, ihr Bruder zwischen uns, auf das große Bett im Schlafzimmer ihres Onkels. Auf dem Schlafzimmerfernseher sahen wir, wie die Fernsehstiefmutter versuchte, ihre

Stieftochter loszuwerden, um an das Vermögen ihres Mannes zu kommen. Der Verlobte der Stieftochter hatte einen schweren Unfall und verlor dabei seine Zeugungsfähigkeit, als die Stieftochter ihren verletzten Verlobten im Krankenhaus besuchte, wußte sie noch nicht, daß auch seine Exgeliebte mit im Auto gesessen hatte. Die Architektin traf sich derweil mit ihrem Liebhaber, und die vorübergehend erblindete Heldin – Do sagte, es kann sich nur um eine vorübergehende Erblindung handeln – beschloß, den Mann zu heiraten, der ihr eigener Bruder war. Wovon sie natürlich nichts wußte.

Am nächsten Morgen, am Flughafen, als Do und ich uns verabschieden mußten, hätte ich auch gern ein paar Telenovela-Sätze gesagt, ich hätte auch uns gern vom ganz großen Gefühl überwältigt gesehen, aber es gab keinen Ausbruch, keinen privaten Popocatepetl. Do machte wieder Photos, ich ließ mich photographieren und kniete nicht vor ihr nieder. Und sie warf sich mir nicht in den Weg, sie hatte auch keine Tränen in den Augen. Ich winkte ihr noch einmal, ging durch die Schranke und die Sicherheitskontrollen und war enttäuscht, daß der Abschied nicht unaushaltbar weh tat. Und dachte, vielleicht ist das das eigentlich Traurige an diesem Abschied, daß er mir, obwohl ich es mir so sehr wünsche, gar nicht schwerfällt. Ich sah mich in ihrem Photoalbum, in dem leeren, staubigen Haus, das auf ihren Einzug zu warten schien, hörte sie von ihren immer entzündeten Augen erzählen und sah sie, hinter den Stofftüren des Kleiderschranks ihrer toten Mutter. Und mich im Ehebett ihrer Eltern, der Fernseher lief.

Ich ging zum Flugsteig, dessen Nummer auf einem der Monitore schon blinkte, setzte mich dort auf eine Bank und sah einen Mann, einen Indio, der den Steinfußboden wischte. Er wischte auf beinah zärtliche Weise um die abgestellten Handgepäckstücke herum, dann änderte er seine Richtung, der Lappen am Wischkopf zog eine breite Spur, der feuchte Boden glänzte.

LANGE WELLEN

Schon als ich am Flughafen ankam, mußte ich an die Katze denken. Ich ging zum Schalter, durch die Absperrungen, durchlief die übliche Prozedur – das Gepäck wurde durchleuchtet, ich mußte den Computer anmachen und mich nach Messern und Nagelfeilen durchsuchen lassen – und zog meinen kleinen Kabinenkoffer in die Lounge. Auf einem der Plätze mit Telephonanschluß nahm ich das Notebook wieder aus der Tasche, wählte mich ein und fand eine Nachricht von Paul im Postfach, er wünschte mir gute Nacht und schrieb, die Katze sei nicht nach Hause gekommen. Frankfurt ist Mexiko sieben Stunden voraus, er hatte die Nachricht vor dem Schlafengehen abgeschickt. Sonst gab es nichts, keine neuen Termine aus dem Büro.

Die Lounge war fast leer. Ich sah drei Geschäftsleute, die wie ich auf den Nachtflug warteten, und eine Frau mit einem vier- oder fünfjährigen Jungen in der anderen Ecke des Raumes. Der Junge, mit Hemd und Kinderkrawatte herausgeputzt, kniete auf einem Sessel und schaute über die Lehne hinweg aufs Rollfeld. Zwei grüne Tanklastwagen standen unter den Tragflächen eines Jumbos mit offenen Ladeklappen, das Flugzeug wurde betankt, sein Bauch schluckte die Container. Im Scheinwerferlicht sah es aus, als sei man dabei, die Maschine zu operieren. Ich trank, vor langen Flügen soll man viel trinken, zwei Gläser Wasser und verließ, als ich aufgerufen wurde, die Lounge Richtung Gate.

Mir fiel ein, daß ich vor Jahren, als Kind, als kleines Mädchen, Fliegen wahnsinnig aufregend gefunden hatte. Der aufgeregte Zustand reichte von dem Moment, in dem das Gepäck am Schalter verschwand, bis lange nach der Landung, ein Gefühl, das sich abgenutzt hat, dachte ich und schaute in eine der Parfümerien. Ich versuchte nur zu trödeln, ich kaufe nichts, mir fehlt ja nichts, dachte ich, und Paul muß ich auch nicht unbedingt noch ein Rasierwasser mitbringen. Obwohl ich mich wirklich nicht beeilt hatte, mußte ich am Flugsteig wieder warten. Ich setzte mich, blätterte durch den neuen Economist, der auch im Büro liegen würde, und einen Moment lang, den Moment, in dem ich aus der Zeitschrift aufschaute, kam es mir vor, als bewegten die Menschen auf diesem Flughafen sich mehr für andere als für sich selbst. Ich dachte an meine Katze.

Im Flugzeug war ich dann plötzlich furchtbar müde. Von meinem Platz am Fenster schaute ich dem Synchronballett der Flugbegleiterinnen, ihren abgespulten Bewegungen zu. Wie Automaten wedelten sie mit ihren Armen, die raffinierteren unter ihnen, dachte ich, täuschen wahrscheinlich sogar ihre Verlegenheit vor. Erst im letzten Augenblick, ich hatte den Kopf schon zum Fenster gedreht, kam noch jemand, sagte *Ola* und setzte sich auf den freien Sitz neben mir. Bald bewegte sich das Flugzeug, die Musik wurde abgestellt, das Licht gedimmt, die Startinszenierung lief, letzter Aufruf Cabincrew, große Pause erst wieder in der Luft. In Startposition stoppte das Flugzeug noch einmal, beschleunigte dann aus dem Stand, beschleunigte, beschleunigte, zitterte, hob ab und zog nach oben. Alles wie immer, nur mein Sitznachbar, dessen Gesicht ich noch nicht gesehen hatte, beugte sich, noch bevor der Druck in die Sessellehne nachgelassen hatte, nach vorne, um an mir vorbei aus dem Fenster zu sehen. Er sagte, *sieht sie nicht aus wie der viel schönere Sternenhimmel, wie eine Weltraumfilmkulisse, wie die Stadt, in der jeder ein Licht hat brennen lassen?* Ich wunderte mich und sagte, ich sah ja die Lichtpunkte, Lichter von Laternen, Häusern und Autos, Scheinwerfer von Hunderttausenden von Autos, *ja, vielleicht*. Einige Lichtpunkte bewegten sich, andere flimmerten. Mein Nachbar war keiner der Männer, die sonst im Flugzeug neben mir sitzen, er trug keinen Anzug, keine Krawatte, er hatte nicht einmal eine Aktentasche. So alt wie ich, vielleicht ein wenig jünger, streifte sein schwarzes Haar fast meine Brust. Er war sehr braun, sah aber nicht aus wie die Mexikaner, die ich gesehen hatte. Er fragte, weshalb ich in Mexiko gewesen sei. Und wohin ich fliege. Es pochte in meinem Kopf, das Flugzeug stieg, und ich sagte, was ich immer sage, ich sagte, *ich war geschäftlich hier, ich arbeite für eine Bank.* Die Stewardeß kam durch den Gang, brachte heiße, feuchte Tücher, bot Eiswasser an und teilte die Menükarten aus. Ich fragte, vielleicht nur aus Höflichkeit, weil ich dachte, vielleicht sollte auch ich mich für ihn interessieren, *leben Sie in Mexiko?*

In einem kleinen Dorf am Pazifik, antwortete er und sagte, er sei Fischer. Ich tupfte mir mit dem feuchtwarmen Tuch auf die Stirn, ich spürte die trockene Flugzeugluft schon und fragte, ob er denn davon leben könne.

Ja, man könnte, ja. Große Fische, Schwertfische und kleine Haie bringen Geld, die Einkäufer kommen die ganze Küste heruntergefahren. Die großen Hotels kaufen alles, Acapulco hat Hunger, Hunger auf Haifischsteaks und gegrillten Schwert-fisch. Die Einkäufer lassen viel Geld im Dorf. Gibt es Geld, gibt es Fiesta, Fiesta, bis kein Geld und also kein Schnaps mehr da ist.

Ich erinnerte mich nicht, je mit einem Fischer gesprochen zu haben. Vielleicht hatte mir ein Anwalt mal vom Fliegenfischen vorgeschwärmt. Oder vom Hochseeangeln erzählt. Ich dachte, es gäbe nur noch schwimmende Fischfabriken,

Schiffe, die Monate auf See bleiben und den Fisch filetiert und tiefgefroren zurückbringen. Ich dachte an meine Arbeit, meine Projektbetreuung, die Erzeugung von Bedarf, Cold Callings, den Verkauf von Meinung. Und Geld. Unsere Essen, meine Reisen mit Investoren, Segeln, Skifahren zur Entscheidungsfindung. Eine Einladung nach St. Andrews, nach Klosters oder Porto Cervo, den Geschäftspartner ans Steuer lassen, ihn gewinnen lassen. Ich verkaufe die Hoffnung, die geänderte Meinung, die Entscheidung.

Wie fängt man einen Hai? fragte ich meinen Nachbarn, er sagte, *mit kleinen, blutenden, noch zappelnden Fischen, wir fahren nachts hinaus, wir angeln mit Schnüren* – drehte wie zum Beweis seine Hand und zeigte mir die Hornhaut der Handinnenfläche, *von der Arbeit auf dem Boot, den Angelschnüren und dem Treibanker, wir haben nur eine kleine Winde.*

Die erste Stewardeß kam wieder vorbei, eine zweite hinter ihr schob den Trolley. Ohne recht zu wissen warum, schlug ich die Flugillustrierte auf und betrachtete die gepunkteten und gestrichelten Routen, die wie ein kompliziertes Schnittmuster über den Atlantik führten. Die Flugzeuge fliegen am Fadenriß entlang, an Fäden über den Ärmel, hier führen alle Weg nach Heathrow, dachte ich und trank wieder Wasser; Wasser, diesmal mit Eis, trank ich auch zum Essen. Als ich wieder aus dem Fenster sah, wußte ich nicht, ob das Meer unter mir noch der Golf von Mexiko oder schon der Atlantik war. Immer wenn ich mein Glas an die Lippen setzte, klinkerte das Eis.

Sonst rede ich selten, sonst rede ich eigentlich nie mit den Menschen, die im Flugzeug neben mir sitzen. Meist bin ich froh, nicht reden, nicht zuhören zu müssen. Sitzen ja immer nur Männer neben mir, Geschäftsleute, die Kaste, die vom Golfurlaub in Schottland, von einer fast unbekannten Karibikinsel, der Keniasafari erzählt; die Eiswürfel im Glas machten ihr Geräusch und stießen gegen meine Oberlippe, und ich dachte, von weit oben sehen auch Inseln wie große Eisberge aus.

Ich aß nicht viel, ich aß nur Gemüse und zwei Gabeln Geflügelsalat, ich probierte nur und nahm Obstsalat als Nachtisch. In dem Dorf gebe es nicht nur keine Bank, sondern auch keinen Supermarkt, der nächste Supermarkt liege eine dreiviertel Tagesreise entfernt, sagte mein Nachbar, und ich bemerkte, daß ihm an der linken Hand die Zeigefingerkuppe fehlte.

Das Flugzeug wackelte, schüttelte sich durch eine kleine Turbulenz, ich dachte an meine kommende Woche: zwei Tage mit Paul in Frankfurt, zurück nach London, einen Tag nach ich-weiß-nicht-mehr und wieder nach Frankfurt. Paul möchte lieber wieder in London wohnen, gefällt ihm nicht in Frankfurt, er langweilt sich. Und ich sage nicht, wir langweilen uns doch so und so. Und ich sage nicht, manchmal stell ich mir vor, in ein ganz anderes Leben zurückzukommen, zwei Straßen weiter, in einer anderen Stadt, ein anderer Mann, mit Kindern, mit Kindern, die sonntagnachmittags Tiefkühl-Windbeutel mit Puderzucker bestäuben. Und die Küche auch. Manchmal stelle ich mir vor, Paul mit einem Liebhaber zu erwischen, eine Geliebte, das wäre viel zu preiswert, ich denke immer, ich müßte ihn eines Tags mit einem Mann erwischen, einem jungen Mann, den er nach einer seiner Aufführungen irgendwo aufgelesen, im Opernfoyer getroffen hat, im Ballett. Ein Tänzer, der ihn begleitet, seine Vorstellung besucht. Ich bin ja nicht oft genug da.

Ich bin am Strand hängengeblieben, sagte mein Nachbar durch das Lüftungsrauschen, ich studierte die roten Abdrücke meiner Lippen auf dem Rand des Wasserglases, *es gab keinen großen Moment, in dem ich beschlossen habe dazubleiben. Einer der älteren Fischer hat mich zusehen lassen, und irgendwann bin ich zum ersten Mal mit hinausgefahren, hinaus aufs Meer, fünfzig, sechzig Seemeilen weit. Und von da an wollte ich nichts anderes mehr machen. Nachts fahre ich hinaus, tags ruhe ich mich aus. Ich habe gelernt, mich durchs Dorf zu bewegen, immer die gleichen Gesichter zu sehen, wir kennen uns ja alle, jeder weiß alles über jeden, wer wen nicht leiden kann und wer wen mit wem betrügt. Den ersten Fernseher gibt es seit der*

*letzten Fußballweltmeisterschaft. Trotzdem denke
ich manchmal, eigentlich ist es nicht anders als in
Mailand am Theater, studiert hab ich in Bologna,
heute, davon hab ich früher nicht einmal geträumt,
bin ich Fischer.*

Mein Sitznachbar erzählte sein Leben, und mir
fiel nur das Theaterabonnement meiner Eltern
ein. War eine Karte frei, ging Papa mit mir, später
ging er meist mit einer seiner Freundinnen.

Der Mond vor dem Fenster war eine von der
Fluggesellschaft im Himmel aufgehängte Laterne,
ich stellte mir vor, allein in einem Boot über den
Atlantik zu treiben. Und ein Flugzeug, einen win-
zigen, blinkenden Lichtpunkt durch den Nacht-
himmel ziehen zu sehen. Papas Boot fiel mir
ein, seine Yacht, die fünfzig Wochen im Jahr in
einem katalanischen Hafen lag, das Boot, auf dem
ich als Kind mitsegeln mußte, eingesperrt mit
meinen Eltern, später allein mit meinem Vater,
dann mit Inge, Ingrid oder Elke. Wie seine Freundinnen hießen, wollte ich mir nie merken. Um
sie zu ärgern, rief ich sie immer beim Namen
ihrer jeweiligen Vorgängerin, und ich freute mich,
wenn ihnen bei Wellengang schlecht wurde. Ich
war elf, zwölf, dreizehn Jahre alt und hörte
sie nachts, wenn wir im Hafen lagen, stöhnen,
manchmal auch schreien. Könnt ihr nicht leise
ficken, hätte ich gern gebrüllt, aber natürlich, fiel
mir ein, hatte ich nie auch nur einen Ton von mir
gegeben. Irgendwo weit unter mir schob sich der

Golfstrom durch den Atlantik, der Golfstrom, das ist einer von Papas Sprüchen, läßt die Palmen auf den Kanalinseln wachsen und hält den Hafen von Murmansk im Winter eisfrei.

Ich bin einfach nicht mehr gefahren, fing mein Nachbar wieder an, während ich die Zeitschrift mit der Karte der Flugrouten von meinem Schoß nahm und zu den anderen Illustrierten in die Sessellehne schob, die beiden Sitze vor uns waren leer, *ich habe eine angenehme Entfernung gefunden, weit genug weg von Italien, weit genug von Mailand, weit genug von meinem Vater*, sagte mein Sitznachbar, der italienische Pazifikfischer, *mein Vater wohnt mit seiner neuen Frau und ihrer Tochter in Rom*. Und ich dachte, manche Menschen erzählen alles von alleine, lassen alles fallen und werden alles los, man muß sie gar nicht fragen. Trotzdem fragte ich, wie oft er nach Europa fliege, *nur einmal im Jahr, im Sommer, für sechs bis acht Wochen, um in der Zuckerfabrik meines Onkels zu arbeiten. Und um all die Bücher zu lesen, die ich in Mexiko nicht bekommen kann. Ich sitze in der Steuerzentrale, habe neun Monitore vor mir und lese. Und schaue hin und wieder, ob die Lastwagen wirklich voll sind. Und ob alle Rüben in den Trichter gekippt werden. Dabei denke ich dann, daß man Zucker in Mexiko, wo das Zuckerrohr gleich neben meiner Hütte wächst, viel billiger herstellen könnte. Solange die Schüttanlage arbeitet, habe ich eigentlich nichts zu tun, ich wohne bei meiner Tante, höre*

Radio und gehe zum Zahnarzt. Und verliere meine
Hornhaut an den Füßen, in Italien kann ich nicht
den ganzen Tag barfuß laufen.

Nach den Bootsurlauben mit Papa hatte ich
Hornhaut an den Händen, später, als Studentin,
höchstens eine Druckstelle auf dem letzten Mit-
telfingerglied. Vom Bleistiftschreiben. Oder weil
ich im Varian oder irgendeinem anderen Lehrbuch
viel zuviel unterstrichen hatte. Zu unterstreichen
und farbig zu markieren war eine Angewohnheit,
die ich mit Alexander teilte, wir saßen zusammen
in der Bibliothek, haben uns Zettel zugeschoben
und uns durch die Lernpausen geknutscht. Anderen Menschen habe ich so altkluge Sätze wie
mit ihm will ich mein Leben verbringen mit-
geteilt. Dabei hatte ich noch nicht einmal zu
Ende studiert. Ich war verliebt, wir waren lange
zusammen, jahrelang haben wir alles zusammen
gemacht, dann aber wollte er das Kind nicht, das
Arschloch, das Arschloch wollte erst große Karriere machen, noch ins Ausland, man muß doch
im Ausland studiert haben, wie soll das gehen mit
Kind, wir bräuchten ein Haus mit Garten, meine
Kinder, *meine Kinder* hat er gesagt, sollen doch
in adäquater Umgebung aufwachsen, laß, hat er
gesagt, lieber später. Heute hat er zwei Kinder, ist
geschieden und wohnt in der Nähe von Stuttgart.
Aus seiner großen Karriere, seinem Geschwafel
von St. Gallen, der London School of Econo-
mics und der Habilitation ist nichts geworden, er

arbeitet für einen mittelständischen Maschinenbauer. Ich war noch jahrelang in ihn verliebt.

Ich habe gearbeitet, um mich abzulenken, ich bin nie ehrgeizig gewesen. Mein Einstieg bei Goldman Sachs war Zufall, jemand war abgesprungen. Und ich war halt da, ich wollte nie Goldschmiedin oder Heilpraktikerin werden. Im nachhinein sieht alles immer ganz einfach aus. Papa sagt, du hast alles richtig gemacht, ich sage, gib mir Arbeit, und ich bin glücklich.

Ich drehte die Lüftungsdüsen über mir zurück, ich hätte gern einen der Filme gesehen, die so oft im Flugzeug laufen, einen von denen, die alle Absicht spüren lassen, den Liebesfilm, die romantische Komödie, Familie mit Kindern. Und irgendwo in mir leuchtete wieder auf, wie ich mir früher mein Später vorgestellt hatte, alles, wie ich es kannte, Familienbilder mit Katze, die Frau, die im Cabriolet die Einfahrt hinauffährt, die Frau, die nach Hause kommt, der ein kleiner Junge entgegenläuft, das Au-pair-Mädchen in der Tür hält die Hand der kleinen Schwester. Hätte ja alles so werden können, ich könnte mir ja alles leisten, ich verdiene ja genug.

Ich kenn das schon, dachte ich, ich rutsche wieder durch Gedanken, zehn Kilometer Luft, ein Kilometer Eis, fünftausend Meter kaltes Wasser. Mein Nachbar, der italienische Mexikaner, atmete regelmäßig und tief. Ich schaltete kurz durch die Programme auf meinem Monitor, einem Flachbildschirm, den ich mir so zurechtdrehen konnte, daß ich ihn aus jeder Sitz- und Liegehaltung hätte betrachten können, ich schaute kurz in einen Schwarzweißfilm hinein und schaltete dann, ich war zu müde, wieder ab. Der mexikanische Italiener, der Fischer, der ohne seinen kaputten Koffer nicht in die Business Class gestuft worden wäre, schlief; die Eiswürfel in meinem Glas waren ganz klein geworden. Ich trank das Wasser aus, ich rutschte, ich glitt ab und dachte, von weit oben wird alles klein, alles überschaubar. Auf einmal alles da, dachte ich und sah durchs Fenster, tief unter uns lag eine geschlossene Wolkendecke, als hätte das Meer sich zugedeckt.

Ich schlief ein, träumte und wachte wieder auf, weil mir kalt war, ich wußte nicht sofort, wo ich war, an den Traum konnte ich mich nicht erinnern. Mein Mund, meine Zunge und die Zähne fühlten sich pelzig an, mein rechtes Bein war eingeschlafen. Ich hörte die Turbinen, das Rauschen der Lüftungsdüsen und den Mann, der während seiner Ferien in Italien genug verdiente, um den Rest des Jahres seiner mexikanischen Hobbyarbeit nachzugehen. Er schnarchte ruhig und regelmäßig. Ich stieg über seine Beine und dachte, hätte ich mich in ihn verliebt, in einem Film, müßte ich ihn in diesem Augenblick küssen.

Auf der Toilette versuchte ich nicht zu lange in den Spiegel zu sehen. Paul würde ich von dieser Reise nicht viel erzählen, die Verhandlung war soso gelaufen, die Präsentation lala. Ich habe die Unterschrift, Auftrag erledigt, Flug, Verhandlung, Hotel, Verhandlung, ich bin eine dreiviertel Stunde im Museum gewesen, ich war zwei- oder dreimal essen. Ich könnte ihm sagen, ich habe beschlossen, mein Leben zu ändern, Paul, du kommst in meinem neuen Leben nicht mehr vor, mon petit Paul, mein Partner. Hat unsere Beziehung nicht auch etwas Geschäftliches? Du und ich, ich, ich, ich. Ich könnte ihm sagen, ich brauche dich nicht, ich hätte lieber ein Kind, lieber ein richtiges Kind, ich habe keine Lust mehr auf deine Kindereien. Leider aber habe ich vor zehn Jahren keine gesunde Eizelle einfrieren lassen, ich habe kein Kind auf Eis, das ich heute auftauen könnte. Das einzige Kind, das ich hätte haben können, das Kind von Alexander, das Kind von dem Arschloch, in das ich noch jahrelang verliebt war, habe ich abgetrieben.

Ich zog meine Lippen nach, legte neuen Lippenstift auf und sah auf dem Weg zurück zu meinem Platz links und rechts schlafende Passagiere, manche zusammengesunken, als wäre die Luft aus ihren Körpern entwichen. Wo das Leselicht brannte, las jemand ein Taschenbuch. Es roch, als hätten zu viele Passagiere ihre Schuhe ausgezogen. Ein Stück weiter, im Fenster der linken Flugzeugtür, wurde der Himmel hellblau, das Leben ist langsam und einfarbig und leer, dachte ich, das Flugzeug wackelte wieder, schaukelte, und ich dachte, ich bin nie am Strand hängengeblieben, ich habe immer gearbeitet. Einen Augenblick lang kam es mir vor, als sei das Flugzeug ins Meer gestürzt. Und fliege unter Wasser weiter. Irgendwo ganz weit oben wollte ich Wellen schlagen hören, lange Wellen, dann Flaute, ich bin achtunddreißig, ich werde neununddreißig, habe eine Katze, die manchmal wegläuft, und habe Paul. Und es macht mir nichts aus, wenn er mich betrügt, Paul muß, wenn ich nicht da bin, die Katze füttern, hoffentlich ist die Katze schon zurück.

GEFRORENE VOLLMILCH

Papa steht viel zu früh auf, Papa weckt mich jeden Morgen, wandert durchs Haus, fängt im Keller an zu bügeln und nimmt eine Tüte Vollmilch aus der Tiefkühltruhe, er geht in die Küche, räumt die Spülmaschine aus und kocht sich Tee, Darjeeling, den er, Mama hat damit angefangen, noch immer in England bestellt.

Manchmal geht er Brötchen kaufen, bevor er sich an seinen Schreibtisch setzt, Mamas Bild, da steht es schon immer, steht auf seinem Schreibtisch. Mama steht über den Kochbüchern, zwischen den Teedosen, im Wohnzimmer, neben dem Telephon und auf dem Gang im ersten Stock; ich hänge im Wohnzimmer, in englischer Schuluniform zwischen hundert anderen englischen Mädchenkörpern, *zieh deine Schuhe aus*, hat Mama gesagt, wenn ich aus dem Garten kam, ich stehe nur mit Strümpfen an den Füßen in der Küche, Mama müßte sagen, *lauf nicht auf Strümpfen rum, zieh dir Hausschuhe, zieh dir Pantoffeln an.*

Samstags stehe ich in der Küche, samstags backe ich Kuchen für Papa, Mamas Küchen-

schürze hängt noch hinter der Tür, ich backe Tief-
kühltorten auf, Kirsch- oder Pflaumenstreusel,
von Dr. Oetker oder Coppenrath und Wiese, ich
stelle die Teller, die Tassen aufs Tablett, ich gieße
Milch ins Kännchen. Seit wir die Milch – das war
Papas Einfall, Papa will immer frische Vollmilch –
einfrieren, muß ich nicht mehr jeden Tag zur
Tankstelle fahren, Mama müßte jetzt sagen, *zieh
dir Pantoffeln an* und *wirf den angegessenen Apfel
in den Komposteimer*, der Komposteimer steht
unter dem Waschbecken, *nimm die zum Milch-
kännchen passende Teekanne und spül sie heiß aus*.
Ich löffle Teeblätter, Mamas englischen Tee, Papa
will keinen anderen mehr trinken, in einen Papier-
filter, Mama hat mich an der Hand. Ich warte auf
das Signal des Wasserkochers, gieße den Tee auf
und sehe zu, wie der Filter im kochenden Wasser
aufschwimmt.

Samstags, wenn der Tiefkühlkuchen im Ofen
auftaut, nehme ich einen Becher Sahne aus dem
Kühlschrank, reiße die Deckelfolie ab, gieße sie
in eine Schüssel, baue den Mixer zusammen und
rühre die Sahne auf unterster Stufe; denke, frage
mich, *bin ich ferngesteuert*, und streue den Inhalt
eines Päckchens Vanillezucker und eine Prise
Salz in die Sahne. Ich stelle das Handrührgerät,
den Mixer von Miele, eine Stufe höher und lasse
die Rührbesen gegen die Schüsselwand klackern,
immer wieder, das Geräusch, das zum Wochenende gehört, samstags schiebe ich einen Kuchen

in den Ofen und schlage Sahne. Unter der Woche geht Papa nach dem Frühstück ins Institut. Und ich breite meine Bücher auf dem Tisch im Wintergarten aus, liege dann aber bald doch wieder auf der Couch und schaue Schwarzweißfilme, die Liebe im Fernsehen, an, Vormittagsprogramm oder von Kassette. Höre ich Papa kommen, schalte ich aus und springe zurück an meinen Schreibtisch.

Am Wochenende stellt Papa den Tisch auf die Wiese, Samstag- und Sonntagnachmittagsprogramm, Papa möchte den Tee draußen trinken, ich ziehe mich um, bevor ich mich zu ihm setze, nicht weit neben den Rand des Schwimmbads. Papa erläutert Details der Wissenschaftsgeschichte, spricht von Monstern des Fernen Ostens, von Überlieferungstradition, Handschriften und ihren Illustrationen, von den Skipoden, die sich mit ihrem einen großen Fuß vor der Sonne schützen, erzählt, was er auch sonst erzählt hat, Mama hat immer zugehört. Manchmal, in manchen Augenblicken, bin ich mir nicht sicher, ob er weiß, ob er bemerkt, daß sie nicht mehr da ist, sind Kirschkerne im Kuchen, schiebe ich sie mit der Zunge aus dem Mund auf die Kuchengabel und lasse sie über die breite Zinke der Gabel auf den Tellerrand rutschen. Ich lasse mein Kuchenstück unter der Schlagsahne verschwinden, die ich, genau wie Mama, in eine Glasschüssel gefüllt habe, einer der beiden Sahnelöffel darin, Papa spricht, spricht über eine Entdeckung in einer Handschriftenillustration, ich halte mich mit einer Hand an der Tischdecke fest, höre zu und überlege, welche Sträucher ich schneiden muß. Papa schaut nur gern, sagt *schön, sehr schön der Garten*. Manchmal habe ich das Gefühl, Mama hätte sich vielleicht nur unter dem Tisch versteckt, manchmal kann ich nicht widerstehen und muß die Tischdecke vorsichtig anheben, wie um nachzusehen, ob sie nicht vielleicht doch noch dasitzt, sich dahin verkrochen hat, ob sie nicht bloß unter den Tisch gerutscht ist und zwischen unseren Füßen kauert, sie müßte doch noch irgendwo sein, im Garten, unter den Bäumen, in der Erde. Papa redet über alles hinweg und um sie herum, immer nur um sie herum, er sagt nicht, nicht mehr, daß ich ihr ähnlich sehe, fragt nicht mehr, wann ich mit meinem Studium fertig werde. Papa hat aufgehört zu fragen, trinkt seinen Tee, Tee mit aufgetauter Vollmilch, trägt seine rote Strickweste, *meine Samstag-Sonntags-Schreibtischweste*, sagt er, *casual*, über einem hellblauen oder crèmegelben Hemd, werktags geht er in einem lange eingetragenen Anzug aus dem Haus, er spricht, ich höre ihm zu, je nach Jahreszeit, bis ihm kalt wird, bis die Wespen uns vertreiben. Oder bis es regnet. Er streut Kuchenkrümel auf die Wiese, *Krümel für die Vögel*, springt auf, entschuldigt sich und sagt, er müsse zurück an seinen Schreibtisch.

Ich stelle die Teller und unsere Tassen, Tassen, aus denen auch Mama getrunken hat, auf das Tablett. Und trage das, was Papa nicht mitnimmt – *räum den Tisch ab, stell die Teller in die Spülmaschine* – über die Wiese, ich sehe eine Tasse und sehe meine Mutter, die aus ihr getrunken hat, und sehe sie im Wasser, als hätte das Wasser im Schwimmbad ihren Abdruck behalten. Nach ihrer ersten Operation wollte sie nicht mehr in öffentliche Bäder, nicht mehr ins Freibad, also ließ sie den großen Kirschbaum und einen Ahorn fällen und ein riesiges Loch ausheben, das Loch wurde ausbetoniert, dann gekachelt, wäre ich noch ein Kind, dachte ich, müßten alle Freundinnen mich um unser Schwimmbad beneiden. Den Kirschbaum haben wir nach und nach im Kamin verbrannt. Manchmal zwinge ich mich, zehn oder zwanzig kurze Bahnen zu schwimmen, so viel zu schwimmen, wie Mama zuletzt geschwommen ist, geschafft hat, mindestens, zum gegenüberliegenden Beckenrand, anschlagen und wieder zurück, vier oder fünf Züge zwischen den Beckenrändern, nur ein- oder zweimal atmen, abtauchen, auftauchen, anschlagen, drehen, wenden und wieder zurück, Wasser paßt immer wie angegossen, Wasser schmiegt sich an und läuft wieder ab, alles andere schlabbert. Wenn es genug ist, wenn ich aus dem Wasser komme, lege ich mich neben dem Beckenrand auf den Boden und creme mich ein, lieber noch als zu schwimmen liege ich neben dem Becken, lasse mich trocknen, mein nasser Badeanzug stempelt Körperumrisse mit Arm- und Beinansätzen, die in Stümpfen enden, auf den Boden, mein Kopf ist aus Glas und trocknet, und mir kommt es vor, als könnte jeder in mich hinein, durch Kopf-, Hirn- und Rückenhaut bis in die hinterste Herzkammer schauen. Ich liege immer bis zur Gänsehaut, bis meine Arme Forsythienrinde tragen, ich höre *die Hecke muß geschnitten werden*, und das Wasser, das an den Beckenrand schlägt und in den Überlauf plätschert, sagt, *die Äste müssen in den Häcksler, die Teller in die Spülmaschine, die Äste in den Häcksler*, einmal hat Papa, wir mußten erst ein Kloster besichtigen, bevor wir zum Baden durften, mich fast ertrinken lassen, er sollte aufpassen, hatte sich aber irgendwo in einem Buch über dieses Kloster festgelesen, ich weiß noch, ich hab mir den Himmel von unter Wasser aus angesehen, und wie fast alle Menschen sage ich seitdem, ich wäre als Kind beinahe ertrunken.

Mich hat er fast ertrinken, Mama hat er im Krankenhaus liegen lassen, Mama ist langsam gestorben, sie wurde operiert, operiert, operiert – sie ließ sich eine Perücke machen, hatte Pilze, dann offenes Fleisch an den Füßen. Mama ist gern geschwommen, Mama hat gern im Garten gearbeitet, Papa rührt da auch heute keinen Finger, Mama hat den Rasen gemäht, ihn vertikutiert und die Hecke geschnitten, heute muß ich die Äste, den Abschnitt der Hecke, die Forsythien-, Flieder- und Haselnußzweige in den Häcksler stopfen. Mama hat den Häcksler gekauft, die Messer metzeln auch Glas, Getränkedosen, Knochen und alte Kleider; die Späne, was feingeschreddert, zerrissen, zerkleinert unten rauskommt, werfe ich zwischen den Tee und die Eierschalen auf den Kompost, die Würmer, *Holz braucht sieben Jahre*, machen dann die Arbeit. Dickere Äste, Äste mit Jahresringen dürfen unter dem Schuppenvordach trocknen, sie werden irgendwann verbrannt.

Ich weiß nicht, wer, hat mir gesagt, stark chemotherapierte Körper könnten nicht mehr verwesen, es kriecht in mein Ohr, krabbelt in mich hinein, jede Ameise trägt ein kleines Stück, einen Krümel, *lauf nicht auf Strümpfen rum, zieh dir was an die Füße*, die Schürze, der Einbauschrank, so alt wie das Haus, die Teedosen, die Rührbesen, die immer wieder gegen die Schüsselwand schlagen, sagen, *schlag die Sahne nicht zu Butter, schau nach dem Kuchen, nimm den Teefilter aus der Kanne*, ich stehe auf blauem Linoleum, ich stehe auf Strümpfen und streiche mir, Mama hat das immer so gemacht, über den Hinterkopf, und wie um nachzuprüfen, um zu fühlen, ob auch meine Ohrläppchen noch da sind, muß ich nach meinen Perlohrsteckern greifen, ich halte mich, Unterarme überkreuz, an meinen Ohrläppchen fest, meine Haare waren immer lang, ich wollte immer eine Badekappe tragen.

Ich zerquetsche die Ameise, die über den Küchenboden kommt, und nehme, endlich, endlich, den Tee aus der Kanne, ich fülle die Sahne in eine Glasschüssel und nehme einen Löffel, den Sahnelöffel, wie Mama ihn nannte, aus seinem Filzbett in der Besteckschublade. Samstag und Sonntag sind Silbertage. Was von der Ameise übrig ist, wische ich mit einem Stück Küchenrolle auf und werfe es in den Müll. Ich wische mit dem Spüllappen nach, ich gehorche, ich nehme den Kuchen aus dem Ofen, denn Mama sagt, *nimm den Kuchen aus dem Ofen*, ich folge, höre auf ihre Stimme, ihrer Radiostimme auf ich-weiß-nicht-welcher Frequenz, ich lasse es weiter krabbeln, ich stelle die Pflaumenstreuseltorte, die Streusel sind bis über den Papprand hinaus aufgegangen, zum Abkühlen auf ein Kuchengitter, Mama sagt, *die Hecke müßte geschnitten werden*, Mama sagt alles, was Papa nicht sieht, und alles, was ich von ihr höre, sagt sie so, als hätte ich längst selbst darauf kommen können, welchen Baum ich fällen lassen, wie tief ich die Hecke schneiden und wann ich den Rasen mähen soll, *wächst ja alles immer nach*. Wenn sie mich ganz einfach anrufen würde, wenn ich eines Tages den Hörer abnehmen würde, und sie wäre am anderen Ende, ich hätte ihr nicht viel zu erzählen, ich könnte ihr sagen: Der Mann, der mich heiraten wollte, der Mann, den ich, wenn du nicht gestorben wärst, geheiratet hätte, der Termin stand ja fest, war irgendwann mit meiner besten Freundin zusammen, und ein dreiviertel Jahr später, sie war schon sichtbar schwanger, mit ihr verheiratet. Ich könnte sagen, Mama, es ist nicht viel passiert, mir ist nichts zugestoßen, ich wohne wieder bei Papa, ich habe den Rasen gemäht, die Johannisbeeren gepflückt und die abgeschnittenen Äste in den Häcksler geschoben, ich muß mich doch um ihn kümmern.

Mit dem Kuchen, dem Tee, Tellern und Tassen und der Milch in dem Kännchen auf dem Tablett gehe ich in den Garten, ich gehe über den Rasen, am Schwimmbad vorbei, und stelle das Tablett auf den Tisch in der Wiese, merke, daß ich vergessen habe, den Kuchen zu schneiden, und rufe *Papa*, Papa steht schon in der Wintergartentür, *Papa, bring doch bitte das große Messer mit!*

BADESCHLAPPEN

Neun Monate nach unserer Trennung, acht Monate, nachdem sie ausgezogen war – ich hatte noch nicht aufgehört, an sie zu denken, ich hatte bloß aufgehört, auf sie zu warten –, stand sie plötzlich vor der Tür und fragte nach Geld, sie sagte, sie brauche Geld, *kannst du mir was leihen, ich brauche Geld, ich brauch dringend Geld*, ich sah, wie aufgeregt sie war, und fragte nicht: Was machst du denn, wie geht es dir, ich staunte und vergaß, daß ich in meiner Schlafanzughose im Flur stand, einer Hose, die ich anzog, um es abends auf dem Sofa bequemer zu haben. Und um die Bürohosen nicht zu zerknittern. Sie sagte, *du warst doch nicht schon im Bett, oder gehst du jetzt so früh schlafen?* und sah auf meine nackten Füße, die in meinen, ihren alten, Badeschlappen steckten, ich hätte antworten können: Du weißt doch, wie früh ich aufstehen muß, die Arbeit ist mehr geworden, ich habe noch weniger Zeit als früher. Oder viel mehr, weil du nicht mehr da bist, dachte ich und sagte nichts, und dachte: Zu Hause ist mir eigentlich immer fernsehlangweilig, denn du bist nicht mehr da, gern hätte ich auch gesagt: Früher, früher haben wir uns immerhin gestritten. Und so für Unterhaltung gesorgt, aber ich sagte, *ja, es geht mir gut, es geht mir blendend*, versuchte ich zu lügen und sagte, *ja, ich war im Urlaub* und sagte nicht, daß der Urlaub allein der grausamste meines Lebens gewesen war; im Club um mich herum nur Paare, Paare mit Kindern und alleinerziehende Mütter, die überall und immerzu alles daransetzten, kennengelernt zu werden. Ihr gegenüber, sie stand vor der Tür der Wohnung, in der wir gemeinsam gewohnt hatten, versuchte ich in zwei Sätzen sehr glücklich zu wirken. Sie machte sich nicht über den laufenden Fernseher lustig, sie sagte nichts, kein Wort über die Verwahrlosung der Wohnung, die schon im Flur sichtbar wurde, *ich brauche Geld*, hörte ich sie sagen und dachte, daß sie selbst mir vielleicht gar nicht mehr fehlte, vielleicht habe ich gar nicht mehr auf sie gewartet, vielleicht habe ich mich an den Schmerz gewöhnt und mich bloß tief in mein Selbstmitleid gekuschelt – noch ein halbes Jahr, und wir wären weit genug voneinander entfernt, uns ganz normal zu begegnen, dachte ich und fragte, bloß weil sie auf eine Antwort wartete und trotz Aufforderung, trotz allen Bittens nicht hereinkommen wollte, *wieviel, wieviel brauchst du?* Ich gab ihr vierzehn- oder fünfzehnhundert, soviel ich in der Wohnung hatte, und wußte, daß ich nicht fragen durfte, wozu sie es brauche, ich gab ihr das Geld und wußte, daß ich ihr eigentlich nichts hätte geben dürfen. Durch all ihre Aufregung hindurch lächelte sie mich von irgendwoher an, sie stand gerahmt in der offenen Tür, hatte abgenommen und lange nicht geschlafen. Ich gab ihr das Geld und hatte das Gefühl, als bezahlte ich ihr Verschwinden, als kaufte ich mich los von dem Zwang, an sie zu denken – und hoffte andererseits, sie mit dieser Schuld wieder neu an mich zu binden. Ich wußte schon, ich würde ein paar Wochen über immer wieder an sie denken müssen, abends, vor dem Fernseher, und morgens im Bett, wenn ich viel zu früh aufwache und nicht wieder einschlafen kann. Und unter der Dusche glauben, die Türklingel nicht zu hören, ihren Anruf, den einen wichtigen Anruf, der alles wie früher werden lassen würde, zu verpassen.

Als ich drei oder vier Tage später von der soundsovielten Seine-Toten des Jahres las, dachte ich natürlich nicht an sie. Wieso auch. Ich dachte sowieso die ganze Zeit an sie, versuchte immer wieder, sie zu erreichen, und hörte doch nur, sooft ihr Anrufbeantworter sich einschaltete, wieder und wieder ihre Stimme vom Band.

PESTO

Pesto bindet man mit einer zerquetschten, gekochten Kartoffel.

—Nach ligurischer Tradition muß man grüne Bohnen und Kartoffelstückchen mit der Pasta kochen.

—Danke, ich hab ja noch nicht mal gefrühstückt.

—Wie geht's denn? Kannst du immer noch nicht ohne Krücken laufen?

—Ich kann noch nicht auf der Seite liegen. In die Badewanne komme ich nur mit einem Bein. Und wenn ich dusche, duscht das Badezimmer mit.

—Was ist denn passiert?

—Ich bin seit ein paar Wochen ein alter Mann. Ein bißchen behindert. Das war der Unfall mit Mara.

—Ach, du warst das.

—Ich war's nicht, ich saß nur mit im Auto. Und das Auto ist in ein Baugerüst gebrettert. Ein schöner Unfall.

—Weil du ihr so schöne Augen machen mußtest? Weil du deine Hände nicht bei dir behalten konntest? Hast du ihr gesagt, ich will, daß du in meinem nächsten Film mitspielst? Und sie ist vor Schreck in die Hauswand gedonnert?

—Nee. Ein Auto hat uns seitlich gerammt und in das Baugerüst gedrückt, das Gerüst ist über uns zusammengefallen. Es war allerdings nur ein niedriges Gerüst. Bloß zwei Stockwerke hoch.

—Agenturschlampe?

—Würde Myrna sagen, ja.

—Myrna ist doch selber eine.

—Na eben, deshalb.

—Sieht ein bißchen so aus, als quelle sie aus ihren Kleidern. Dabei sind ihre Titten gar nicht so groß.

—Ich glaube, das trägt man jetzt so. Es steht halt nicht allen.

—Und wer sind die beiden Frauen uns gegenüber?

—Die mit dem Haarreifen, die gerade über uns lästert?

—Die eine ist schwanger.

—Ich bin ja nicht blind.

—Darf man überhaupt noch Turnschuhe zum Anzug tragen?

—Ich suche in der ganzen Stadt nach weißen Stiefeletten. Und finde keine.

—Dafür hast du die Schuhe, die ich schon lange suche.

—Sie sagt ja immer, *mein Verlobter lebt in Rom.*

—Sie war immer allein mit ihrer Mutter. Vielleicht hat die sie auch zum Jungen gemacht.

—Oder zum eigenen Ebenbild. Ich finde, sie sieht aus, als wäre sie eben den frühen sechziger Jahren entsprungen. Das Duplikat ihrer Mutter.

—Das sind bloß ihre Kleider, du fällst drauf rein.

—Und die Möbel, hat sie die geerbt?

—Von ihrem Vater. Oder von ihrer Großmutter, nehme ich an. Den Flügel hat sie von ihrem Vater.

—Was macht sie eigentlich sonst so?

—Promovieren. Spiegel, Täuschung und Illusion in der italienischen Malerei oder so. Frag mich.

—Vielleicht hat Mama ihr auch immer eingeredet, sie sei etwas Besonderes. Und gesagt, beweg dich wie eine Tänzerin.

—Ja, sie bewegt sich so blumenkelchig, *ich bin eine Jugendstilfigur*. Und kurz vor jeder Blüte Trippelschritte.

—Sag ihr das doch. Komplimente läßt sie sich immer gefallen. Wir sind ja alle eitel. Mach ihr ein Kompliment, und sie leuchtet auf.

—Ihre Lippen leuchten ja schon.

—Wie japanische Kirschen.

—Ich bin nicht so begeistert von diesem Haus. Die Dachrinne tropft, die Stufen im Treppenhaus sind total ausgetreten. Und die Tür unten hat noch einen Durchsteckschlüssel. Nach acht Uhr muß man anrufen, um hineinzukommen.

— Mir hat meine Mutter ein Seil geschenkt, zwanzig Meter lang, damit ich mich hinunterlassen kann, falls das Treppenhaus brennt. In Berlin sind ja alle Treppenhäuser aus Holz.
— Die macht sich aber Sorgen.
— Sie hat die Stadt als Kind noch brennen sehen, ihre Großeltern sind in Steglitz verbrannt.

— Seinen Ehering trägt er jedenfalls nicht mehr. Oder siehst du da was an seinem Finger?
— Ach was. Er läßt sich scheiden. Er ist jetzt mit dem Rehkitz zusammen, mit der kleinen Nachwuchsschlampe, die gerade aus der Küche kommt. Ihr Gesicht hat diese sonderbare, na, ich weiß nicht, soll ich Frühverhärtung sagen? Wahrscheinlich wird sie früher, als ihr lieb sein kann, die lustige Alte spielen können, die knochige kleine Hexe, *ich bin erst hundertsiebenundzwanzig Jahre alt.*
— Weißt du, was meine Nichte sagen würde? *Stefa, warum hat die Frau da so viele Striche im Gesicht?*

— Ich fahr ja jeden Morgen mit dem Fahrrad nach Mitte. Seit ich arbeite, habe ich keine Zeit mehr zum Einkaufen. Wenn ich denke, daß ich was zum Anziehen brauche, laufe ich kurz vor Ladenschluß in eine Boutique und kaufe. Kaufe einfach drauflos.
— Was ich verdiene, bleibt in irgendwelchen Fein-

kostläden. Die wollen ja auch überleben. Und was ich gespart hatte, hab ich am Neuen Markt verloren.

— Wenn sie anruft, macht sie immer diese langen Pausen zwischen den Sätzen, das hört sich an, als führe sie auf einer anderen Leitung noch andere Gespräche. Oft weiß ich auch nach einem langen Telephonat nicht, was sie eigentlich wollte. Oder was sie mir eigentlich sagen wollte. Sie gibt mir allerdings auch nie das Gefühl, ich müßte es unbedingt erraten.
— Tolle Titten.
— Hmhhmm.
— Ich find das schön, wenn die sich so hin und her schieben lassen. Und im Gehen wiegen. Gefällt mir besser als diese geharnischten Push-ups, mit Luftkammern und Polstern, wo man nie weiß, wo das Fleisch aufhört und die Prothese anfängt.
— Warum muß man den BH eigentlich immer sehen?
— Damit wir an die Titten denken. Damit wir uns über Titten unterhalten. Damit wir uns fragen, ob die echt sind. Damit wir nicht einen Augenblick aufhören, an das weicheste Fleisch der Welt zu denken.
— Du redest, als wärst du Metzger. Ich kannte mal eine Frau, die immerzu jammerte, ihr Busen, sie sagte, *meine Hubbel*, fange viel zu weit unten

an. Ich durfte sie immer nur im Halbdunkel sehen.

—Mein Schwanz fängt übrigens auch viel zu weit unten an. Ich hätte ihn lieber hier, so, auf dieser Höhe etwa.

—Mara hat Lippenstift auf ihrem Schneidezahn.

—Sei nicht so streng mit ihr. Sie hat sehr weiche Handinnenflächen.

—Ach. Und sonst, kennst du sie schon lange?

—Aus dem Orchester. Sie spielte Flöte, ich zweite Geige.

—Ihr habt schön gespielt. So schön. Der Hindemith hat mir gefallen.

—Ja, mit großer Selbstsicherheit gespielt, klingt auch der falsche Ton immer richtig.

—*Matinee im Hause Wipperfürth.* Mara ruft, und alle kommen.

—Ich finde, sie hat Ähnlichkeit mit dieser Schauspielerin, der dunkelhaarigen, die in »Sex, Lies, and Videotape« mitspielt.

—Ich fand immer, sie sieht aus wie dieses Botticelli-Modell, wie hieß die noch mal?

—Vespucci? Da mußt du sie selbst fragen. Sie ist doch die große Kunsthistorikerin.

—Und die dahinter, die mit den großen, dunklen Augen, ist das ist ihre römische Freundin?

—La ragazza di Gucci? The Gucci girl? Ja.

—Ja, die sieht römisch aus. Sieht gut aus.

—Sieht traurig aus.

—Ich hab auch schon mal versucht sie zu trösten. Mara hat erzählt, Gucci girl habe früher, vor Jahren schon, ein Verhältnis mit ihrem eigenen Bruder gehabt. Der Bruder war aber eigentlich bloß ihr Halbbruder. Und dann habe ihr Halb- oder Stiefbruder sich umgebracht, aber das darf eigentlich keiner wissen. Zu allem Unglück aber saß dann ihr ältester Bruder auch noch in dem Flugzeug aus Mexiko, das kurz vor der englischen Küste ins Meer fiel. Weißt du, das Flugzeug, mit dem die Rothkos abgestürzt sind.

—O Gott, die Arme. Soll ich nicht doch versuchen, sie zu trösten?

—Von mir weißt du nichts.

—Gut, ich habe nichts gehört, ich weiß von nichts.

– Warte, die daneben, das ist doch die Anwältin, oder?

—Ja.

—Ist die auch schwanger?

—Ich weiß nicht. Ich glaube nicht. Ich glaube, sie ist einfach so dick. Die, die sich jetzt dazustellt, hat auch im Chor gesungen, hat Medizin studiert. Heute ist sie im AVK. Sie wird dir gleich, und das ziemlich laut, erzählen, daß sie lieber Schriftstellerin wäre.

—Ich schreibe meine Aufsätze, ich veröffentliche, klar, aber ich würde gern mehr machen, mehr schreiben.

—Und wie organisierst du das? Zwischen zwei Patienten? Denkst du an die Pflaumen im Kühlschrank, die dein Mann fürs Frühstück aufheben wollte? Schreibst du überhaupt Gedichte?
—Ich bin gar nicht verheiratet, und –
—Verzeihung.
—Und ich schreibe mehr Novellen. So wie Stefan Zweig.
—Ahh-haaah.

—Und wie war's in New York? Hast du nicht im MOMA hospitiert?
—Interessant, sehr interessant. Und eigentlich ein bißchen scheiße. Eigentlich durfte ich bloß im Museumsshop arbeiten, zwischendurch die Museumsvideothek sortieren. Und Regale abstauben. Ich soll ihnen noch mehr deutsche Dummies schicken, hat die Abteilungsleiterin gesagt, mit der ich mich ein wenig anfreunden konnte. Für jede, die ich ihr schicke, schickt sie mir einen Katalog.
—Und was machst du jetzt?
—Ach, ich arbeite wieder für den museumspädagogischen Dienst, Kinderführungen und so. Jedenfalls will ich nie, nie wieder auf einer Messe arbeiten, nie wieder Grüne Woche, nie wieder ITB, nie wieder Funkausstellung.

—Mara sagt immer, *laß mal sehen, wer da ist, ich will hier- und dorthin, ich will dahin*.

—Laß sie doch. Sie will halt gesehen werden.

—Bist du eigentlich sicher, daß der Name Mara nicht erfunden ist?

—Du meinst selbstgegeben? So wie Nana, Pura und Linea? Und Mercedes? Und wie sie alle heißen?

—Mara. Mara Wipperfürth klingt doch irgendwie unwahrscheinlich. Klingt nicht nach 1972.

—Wahrscheinlich heißt sie in Wirklichkeit Petra. Oder Nicole.

—Außerdem kommt es mir oft so vor, als sei ihre Spontanbegeisterung ein wenig unaufrichtig. Irgend etwas in ihr liegt oft ganz leicht daneben, als ob alles, was sie sage, leicht schiele.

—Es gibt halt Menschen, die übereifrig gefallen wollen. Und dabei zu nett sind. Sei nicht so streng.

—Mir kommt das geheuchelt vor.

—Weil sie übertreibt?

—Weil sie immer so spricht, als müsse sie sich noch beweisen. Ihr *ich weiß was, ich weiß was* geht mir total auf die Nerven.

—Das ist doch weit verbreitet. Was wünschst du dir? Ein bißchen Demut? Daß sie dir erzählt, *ich habe angefangen, in einer Bäckerei zu arbeiten, ich verkaufe Teilchen*?

—Die Junganwältin? Die arbeitet für eine dieser neuen Superkanzleien am Gendarmenmarkt.

Unendlich viel Geld, unendlich lange Arbeitszeiten.

—Ach.

—Der älteste Sozius geht mit allen Junganwälten segeln, eine Woche nach Dänemark. Wer nicht mitfährt, fliegt raus. Und wer seekrank wird, kann nicht Partner werden. Er sagt, man muß auch Seegang vertragen können. Auf See wie in Geschäften. Zum Frühstück gibt es an Bord nur Müsli. Und jeder hört dann jeden furzen.

—Das ist ja furchtbar.

—Solange es nicht regnet, macht es beinah Spaß.

—Sie bewegt sich so, als ginge sie durch dickes Wasser.

—Wahrscheinlich würde sie viel lieber tanzen.

—Meinst du, er rasiert seinen Kopf so oft wie sein Kinn?

—Öfter als ich meine Beine. Eine Glatze braucht ihre Pflege.

—Und wieso hat der Großkritiker dieses komische weiße Tuch in seinen Pulloverkragen gewürgt?

—Vielleicht soll das ein Adelstuch sein. Entweder es bedeutet irgend etwas, was wir nicht verstehen. Oder er ist einfach krank.

—Am Hals, meinst du? Oder ein Stück höher?

—Durch und durch, nehme ich an. Totalinfiziert. Richtig unmöglich finde ich eigentlich nur seine Schuhe. Die glitzern so komisch.

—Sein Anzug sitzt jedenfalls.

—Mich stört ja bloß, daß er immer so bescheiden tut. Und um sich herum alles lobt. Man könnte auch sagen zuschleimt.

—Ach, er ist einfach nett. Er will bloß, daß ihn alle mögen, daß alle ihn gern haben. Er läßt sich halt selbst gern hätscheln und tätscheln. Deshalb tätschelt er auch.

—Wahrscheinlich wird er das Gefühl nicht los, irgendwo etwas Entscheidendes verpaßt zu haben. Leider kann ihm heute keiner mehr sagen, was und wo und wann genau das war.

—Auf jeden Fall kann er nicht tanzen. Wenn er tanzt, siehst du, was ihm fehlt.

—Riecht nach Frühling heute. Hast du schon Krokusse gesehen?

—Nein. Wachsen die auch in der Stadt?

—Ja, ja, die bohren sich jetzt durch die Erde. Ihre Frühlingserektion sozusagen.

—Und der am Fenster?

—Den wirst du gleich kennenlernen. Er arbeitete in der Nationalgalerie und baggert jede, ausnahmslos jede Praktikantin an. Und hat auch versucht, mir eine völlig fiktive Stelle zu versprechen. Dabei hat er selbst nur einen Zeitvertrag. Mit den kleinen Studentinnen läuft er dann von der Ludwigkirchstraße zur Mommsenstraße und zurück, von Salon zu Salon, wie er sagt. So jedenfalls nennt er die Lustmolchversammlungen, zu denen er mich auch mal mitgeschleppt hat.

—Ich finde, sie hat ein Babygesicht.
—Ich glaube, sie sieht wirklich aus wie aus einem Gemälde von Botticelli. Und die Lippen hat sie von ihrer afrikanischen Urgroßmutter, der nubischen Prinzessin.
—Vielleicht hatte sie wirklich eine afrikanische Urgroßmutter. Oder ihre Urgroßmutter lebte in unseren Kolonien. Und hatte ein kleines Abenteuer.

—Sag mal, hast du nicht im MOMA in New York gearbeitet?
—Ja, ja, stimmt.
—Mara hat mir davon erzählt. Wie war's denn da?
—Hat großen Spaß gemacht. Hat mich weitergebracht. Ich hab an der laufenden Ausstellung mitgearbeitet und für sie recherchiert. Gute Leute aus Europa nehmen die gern. Ich hab wahnsinnig viele tolle, total nette Menschen getroffen. Und man muß, das sind dann quasi berufliche Anlässe, auf ziemlich viele Partys. Amerikaner sind ja immer eingeschaltet.
—Klingt super. Du mußtest überhaupt nicht kopieren?
—Zum Kaffeekochen wäre ich nicht geblieben. Dazu ist mir meine Zeit zu kostbar. Die haben

da so eine Art Praktikantenprogramm. Du mußt halt mit ihnen zurechtkommen, immer freundlich sein, laut und meinungsfreudig mitreden. Und alles immer noch ein bißchen größer machen.

—Super. Ich meine, lieber oberflächlich freundlich als tiefsinnig muffelig, wie hierzulande. Könntest du mir vielleicht die Adresse geben?

—Klar. Ruf mich einfach an. Ich geb dir den Namen der Frau, bei der du dich bewerben kannst. Du kannst dich auf mich berufen.

—Du riesengroße Galerina.

—Hab ich gelogen? Hab ich etwa gelogen?

—Das arme Mädchen. Du hast ihr Leben zerstört. Und dich dabei gefreut. Ich hab's genau gesehen.

—Selber schuld. Wer so oft *super* sagt, hat es nicht anders verdient.

—Sie will doch bloß so sein wie du. Sie will Galerina werden. Du bist ihr Vorbild.

—Kann sie doch. Sie muß da nur den richtigen Typen finden. Leider wird sie feststellen, daß die richtigen Typen geile alte Säcke sind.

—Ihre Freundin war die Geliebte meines Bruders. Und wir waren oft zusammen im Museum. Sie hat gesungen, er hat im Orchester gespielt, eine von den vielen zweiten Geigen.

—Ist das nicht dein Telephon, das da klingelt?

—Nee, meins is aus. Ich bin nich so wichtig. Ich kann auch mal ausstellen.

—Ach, sieh an, Supergalerist Loos sucht seine Jacke.

—Ja? Ja? Ach so. Na, dann los. Was? Hast du reingeschaut? Dann laß zu. Ich komme.

—Weißt du, er hat sich schon im zarten Alter von vierzehn Jahren mit Boltanski getroffen. Und vorher am Telephon seine Stimme tiefer gestellt. Und wollte ihn dann in Deutschland vertreten. Hat ihn für seine Schülerzeitung porträtiert. Dann ist er mit dem Zug durch ganz Europa gefahren, hat alle Kunstmuseen Europas und alle Künstler, die er ausfindig machen konnte, besucht, hat nachts in Jugendherbergen oder in Zügen geschlafen. Oder auf dem Bahnhof. Oder vor dem Atelier einer Künstlerin. Die ein oder andere, die ihn dann morgens fand, muß ganz gerührt gewesen sein.

—O Gott. Dieser frühe große Ehrgeiz. Da war er doch sicher immer unheimlich müde?

—Mara findet ihn natürlich toll. Sie bewundert ihn.

—Sie bewundert doch fast alle. Sie braucht doch jemanden zum Bewundern.

—Findest du nicht auch, daß ihre Kleider ein wenig zu knapp ausfallen? Oder sieht sie bloß zu groß darin aus? Mich erinnert sie manchmal an ein Baby, das viel zu enge Strumpfhosen anhat.

—Wenn du ihr schmeicheln willst, mußt du sagen: Deine Wohnung sieht ja aus wie ein Schloß. Lob ihr Parkett. Sie liebt dich, wenn du Parkett zu ihren Dielen sagst.

—Nein, nein, nein.
—Was ist denn jetzt?
—Loos zuckt aus.
—Ich dachte, sie erzählt immer die Geschichte, ihr Vater sei tot im Auto gefunden worden? Und weit und breit kein Hinweis auf eine Straftat, nur leere Tablettenpackungen?
—Nein, nein. Das verwechselst du. Sie kennt ihren Vater doch nur von Tonbandaufnahmen. Mit denen konnte ihre Mutter sich den Rest geben, sagt sie. Das darf ich aber eigentlich nicht erzählen.
—Na, sie muß ja wissen, daß du die größte Klatschtante der Welt bist, sie muß wissen, daß du alles weitererzählst. Schließlich hast du ihr doch auch immer alles erzählt.
—Mußt du gerade sagen. Du bist doch selbst so eine Art Nachrichtenagentur.
—Moment, wir tauschen uns doch bloß aus. Das eine gegen das andere. Bleibt alles unter uns, ganz im Vertrauen. Wir sind Kommunikationsdienstleister. Und du bist eindeutig das größere Kommunikationstalent: Du bekommst für viel weniger immer viel mehr zurück.

—Der Flügel ist von meinem Vater. Meine Mutter wollte ihn nicht mehr. Mache sie traurig, sagte sie. Der Biedermeiertisch ist von meiner Oma. Mein Augapfel.
—Hast du gehört?
—Sie hat auch schon zum Tangotanzen eingeladen. Zum Tanztee. Die Wohnung unter ihr steht leer.
—Krach ist hier ja sowieso genug, bei dem Verkehr.
—Werktags muß die Wohnung unbewohnbar sein.
—Werktags sitzt sie hinten, im Berliner Zimmer, am Fenster zum Hof.

—Mara, was klopft da eigentlich so?
—Das kommt aus der Dachrinne. Die Dachrinne ist kaputt, es tropft auf die Fensterbrüstung. Und von der Fensterbrüstung spritzt es an die Scheibe.
—Mara, entschuldige, ich muß schon gehen, es gibt leider ein Problem in der Galerie.
—Schon? Schade. Wenn du noch Hunger hast, es gibt noch Gnocchi mit Pesto und Trüffelcrème und Schinken und Parmasalami.

—Ich habe das Gefühl, sie gibt an, sobald sie den Mund aufmacht. Und immerzu spricht sie von ihrem ach so berühmten Onkel, den kein Schwein kennt.

—Vielleicht forderst du das heraus. Du lieferst die Vorlage, sie hält bloß dagegen.

—Ach, du meinst, daß ich der Angeber bin?

—Nein, nein. Du bist natürlich der bescheidenste Mensch der Welt. Du setzt sie bloß unter Druck. Sie kennt dich ja. Vielleicht ist es auch nur das Alter, in dem jeder zeigen will, was und wieviel er erreicht, verdient, verkauft hat.

—Dingsda hat ja zwei Hemdknöpfe offen.

—Sonst trägt er immer Polohemden.

—Auch braune Schuhe zu blauen Hosen?

—Ach, laß ihn doch. Das macht er nur, weil seine Mami ihm gesagt hat, das passe nicht zusammen.

—Und sein Freund, der hat immer ganz betont ungebügelte Hemden an. So, als würde er sie vor dem Anziehen noch mal extra verknuddeln. Und zieht den absichtlich verknuddelten Kragen auch noch über den Jackettkragen.

—Entweder ist er faul. Oder will dir signalisieren, daß ihn niemand zu gebügelten Hemden zwingen kann.

—Die zwei dahinten in der Ecke haben aber auch alles im Blick.

—Den mit den dunklen Haaren kenn ich. Den mit den Krücken nicht.

—Der hat mit Mara im Auto gesessen, als sie ihren Unfall hatte.

—Das Kleid, das sie heute trägt, trug sie auch an dem Abend, als der Unfall passierte, Sonntag vor vierzehn Wochen.

—Das hast du dir ja ganz genau gemerkt. Sentimental bist du schon, nicht wahr?

—Ich lag drei Wochen nur rum. Ich hatte Zeit, mir alles zu merken. Sie kam jeden Tag, sie kochte, wir aßen zusammen und fingen in der Küche an zu knutschen. Ich mußte mit den Krücken auf sie zuhumpeln.

—Ach komm, rumliegen und bedient werden, das hat dir doch gefallen.

—Am Tag vor dem Unfall fiel der Ring ihres römischen Lovers, also der Ring ihres Ex- oder Wiederverlobten, vom Spülkasten ins Klo. Und war weg.

—Tja, das Leben ist oft einfallslos und preiswert in seinen Erfindungen.

—Der Typ rief jedenfalls so ungefähr jede zweite Sekunde auf ihrem Mobiltelephon an. Ich lag auf meinem Sofa, sie lag neben mir und machte die ganze Zeit über weiter mit mir rum. Und ich hörte ihrer Telephonerzählung zu. Ich meine, ich hörte eigentlich nur ihre Stimme, ich verstehe ja kein Italienisch. Und dachte mir: Morgen oder übermorgen oder nächste Woche fliegt sie eh wieder nach Rom. Und wird wieder Verlobte sein. Ich glaube, sie gefällt sich in so einer Art Doppelleben, mal hier, mal dort.

—Wie geheimnisvoll. Wie interessant. Wie aufregend. Das Leben ist eine Frage der Inszenierung.

—Mir hat sie mal gesagt: Wäre er aus Hinterkottenhügel, wäre ich wohl nicht mehr mit ihm zusammen.

—Hinterkottenhügel? Hinterhügelkotten? Was is'n das für'n Wort?

—Was weiß ich, Posemuckl oder so. Stell dir vor, du wirst so abgemeldet.

—Na ja, jeder will halt so viel, wie er wert ist. Und lieber noch ein bißchen mehr.

—Gibt es noch Kaffee, Mara?

—Filterkaffee in der Küche. Und Espresso auf dem Herd. Ich hol dir welchen.

—Ich sage ja immer *Ja zu Filterkaffee*. Zu ganz profanem Filterkaffee.

—Hat der Typ sonst keine Probleme?

—Es gibt so Gesichter, in die würde ich gern einfach nur reinschlagen.

—Quälen? Au ja! Ich bin dabei.

—Würdest du auch gern zusehen, wie das Rehkitz, ich meine die Schleimerin, von einer Handballmannschaft vergewaltigt wird?

—Spielst du Handball? Lieben Sie Brahms? Liest du die Hundertzwanzig Tage von Sodom?

—Lesen? Ich? Kennst du die mit dem rückenfreien Oberteil?

—Kenn ich nicht. Gefällt mir aber. Ich gebe eine Acht.

—Und die Dicke dahinter, die mit dem Vollmondgesicht und Oberarmen wie Trakehnerschenkel?

—Meine Schwester? Du meinst meine Schwester?

—Was? Deine Schwester? Wirklich? Tut mir leid. Aber dick isse ja. Aber seit wann hast du eigentlich eine Schwester?

—Quatsch, ich hab überhaupt keine Schwester. Die Dicke schreibt erotische Erzählungen und betreibt eine literarisch-pornographische Website. Frag sie, und sie wird dir erzählen, daß sie jede zweite Woche in irgendeiner Talkshow eingeladen wird.

—Ist das die, die immer zwischen Erotik, Sinnlichkeit und Sexualität unterscheiden will? Und diese Geschichte mit dem hundertsten Liebhaber geschrieben hat?

—Kann sein. Ich hab nie eine gelesen. Wie ging die?

—Ach, wurde mir auch nur erzählt. Eine weibliche Sexualphantasie: Frau sitzt in einer Bar und überlegt, wer ihr hundertster Liebhaber werden könnte. Sie hat sie nämlich alle, schön säuberlich durchnumeriert, in ihrem Notizbuch verewigt. Und schwupps, eh sie sich versieht, hat sie im Hinterzimmer auch schon mit dem Barmann gevögelt. So, daß die Getränkekisten wakkeln. Und jetzt sag noch einer, Männer wären primitiv.

—Männer *sind* primitiv. Sie gucken mir immer nur auf die Titten.

—Schade, daß die Ärztin nicht solche Geschichten schreibt. So à la wir-trieben-es-in-der-Röntgenkabine. Und ließen uns dabei durchleuchten. Ich wundere mich die ganze Zeit, warum sie so blond ist und doch braune Augen hat. Ich glaube, ich hab mich in sie verliebt.

—Ach, jetzt geht das wieder los. Zum wievielten Mal für heute?

—Mit blauen Augen wäre sie ja unaushaltbar. Sie sieht so schon aus, als käme sie aus Westerland.

—Laß dich doch von ihr untersuchen. Oder besser noch, fang an, dich für ihre blaßblauen Novellen zu interessieren.

—In Deutschland kann man ja eigentlich gar nicht leben, auch in Mailand könnte ich nicht leben. Mailand ist so geschäftig, da kann ich doch gleich in München bleiben.

—Zu behaupten, irgendwoanders in Deutschland sei es unaushaltbar, gehört ja irgendwie auch zur Folklore. Berlinschwärmerei hat hingegen immer Hochkonjunktur.

—Das erste Jahr hält die Euphorie. Dann fangen die langen Winter an zu wirken.

—Hast du schon den New York Cheese Cake probiert?

—Lecker. So lecker. Hast du den selbst gemacht?

—Ja, weißt du, das Geheimnis heißt Philadelphia. Du mußt Philadelphia nehmen. Vier Packungen. Keinen Quark.

—Hört sich nicht nach Diätkuchen an.

—Wieso kann sie nicht einfach *Käsekuchen* sagen? Wie jeder normale Mensch.

—Vielleicht hat sie Angst, daß ihr Gesicht zu breit wird, wenn sie *KÄSE* sagt, und du weißt ja, die kleine Stadtmaus soll sowieso nur *KONFITÜRE* sagen.

—Ich finde, sie tanzt ihre Bewegung im Raum, von Blümchen zu Blümchen. Wie geprobt und einstudiert.

—Na, als Gastgeberin muß sie die Bienenkönigin der Blumenwiese sein. Und von einem zum andern reigen.

—Erklär mir mal, wie man sich in so einer Gesellschaft bewegt. Erklär mir mal die Kunst des Stehenlassens.

—Übe das Swing-by-Manöver. Nutze flüchtige Bekannte zum Abflug.

—Und du? Du redest auch lieber nur mit einer Person? Oder?

—Mehr als vier halte ich nicht aus. Ich finde, man sollte sowieso nicht mit zu vielen

Menschen befreundet sein. Eine beste Freundin reicht doch.

—Da mußt du sicher hart arbeiten. Wie schaffst du es bloß, all die Menschen, die mit dir befreundet sein wollen, zu vergraulen?

—Auf der Liege öffnete Mara mir die Hose, der Arzt zog sie dann ein Stück runter, schob mein Hemd hoch, spritzte mir Kontaktgel für die Ultraschallsonde auf die Bauchdecke und verteilte das schleimige Zeug im Leistenbogen. Zum Glück hatte ich keine kaputte Unterhose an.

—Schade, daß es nicht die blonde Ärztin war.

—So hatte ich mir das jedenfalls nicht vorgestellt: daß sie mir die Hose im Krankenhaus aufknöpfen würde. Und ich vor Schmerzen stöhnen müßte. Als ich das körnige Bild auf dem Monitor sah, mußte ich komischerweise daran denken, wie oft man sich irgendeine große Veränderung wünscht, irgendeinen Anlaß für die große Gefühlsveränderung. Und plötzlich ändert sich alles von alleine.

—Seit mein Doktorvater tot ist, ruht die Arbeit in Frieden. Erst lief meine Zeit bei der Stiftung ab, dann bekam ich das Anschlußstipendium nicht. Dann kam das Kind. Seitdem liegt die Diss unten im Schrank, irgendwo unter meinen alten Pullovern. Meine kleine Leiche. Ich versuche nicht mehr an sie zu denken. Früher war das genau umgekehrt, da habe ich versucht, immer an meine Arbeit zu denken – und dachte an alles andere. Nicht-an-sie-denken funktioniert aber auch nicht so gut. Eigentlich gar nicht. Eigentlich fühle ich mich beschissen.

—Das klingt, als ginge es um eine Frau. Und nicht um deine Doktorarbeit.

—Ich war ja lang genug mit ihr zusammen. Leider haben wir nicht geheiratet.

—Also, sie öffnet dir die Hose, und der Arzt fährt dir mit der Sonde über die Seite, die Leiste und die Bauchdecke, und du denkst, du spielst Grablegung Christi.

—Vielleicht dachte ich, da verläuft das Leben in Bahnen, die uns weit voneinander entfernt aneinander vorbeigleiten lassen. Und nur irgendwelche geheimen, unberechenbaren Biegungs-, Anziehungs- und Abstoßungskräfte lassen uns einander nahe kommen, einander begegnen, vielleicht sogar berühren. Zwei Kurven im Raum, die sich schneiden und dann wieder voneinander entfernen.

—Hört sich gut an. Ich interessiere mich auch für weiche Kurven, sprich.

—Arsch.

—Nein, ich mag deine Kurvendiskussion. Ich stelle mir gerade vor, wie das wäre, wenn jede Steigung, jede Krümmung im Leben berechenbar wäre. Statt dessen ist es ja oft so, daß mein dumpfes Ich-Gefühl gar nichts gegen die Entfernung vom andern tun kann. Außer vielleicht aufeinander zugehen. Eine SMS schicken, Brüderschaft mit fremden Frauen trinken, mit den Händen im Äther paddeln.

—Ihr Pelzjäckchen, das Nerzjäckchen ihrer Großmutter, das sie irgendwie hat umarbeiten lassen, gab sie in der Oper nicht ab. Sie traute der Garderobe nicht, sie dachte, es könnte gestohlen werden. Wir sahen eine Barockoper, irgendwas von Händel, ich weiß nicht mehr, was. Hört sich ja alles gleich an. Ich erinnere mich nur daran, daß eine Kuh auf der Bühne stand – aber wahrscheinlich war es keine echte Kuh. Das Auto blieb dann zwischen der Straßenlaterne und der Hauswand stecken, das Baugerüst fiel über uns zusammen. Ich kletterte durch die zerbrochene Beifahrerscheibe und rief, *komm aus dem Auto raus*. Ich dachte, das Auto würde explodieren. Ich glaube, ich habe zu viele schlechte Filme gesehen. Erst auf der Straße merkte ich, daß ich nicht gehen, nicht einmal stehen konnte. Ich krabbelte über den Asphalt. Überall um mich herum lagen Splitter.

—Du hast sie also quasi gerettet. Und dann?

—Sie kam jeden Tag. Ich konnte mich nicht bewegen, sie aber schlief neben mir. Und ich war erstaunt, wie nah mir ein Mensch plötzlich sein konnte, mir war das fast unheimlich, wie sehr ich sie mochte. Von heute auf morgen war sie der wichtigste Mensch in meinem Leben. Ich hätte ja auch mit Felia oder Katrin im Auto sitzen können, ich saß ja sonst nicht so oft bei Mara im Auto. Wir hatten bloß in die Oper gehen wollen. Und danach was trinken.

— Und dann vielleicht noch zu ihr oder zu dir.

— Ich glaube, ihr gefiel, daß ich hilflos auf dem Rücken lag. Ich lag ja nur da und konnte mich nicht wehren, ich konnte mich nicht einmal bewegen. Selbst wenn ich etwas dagegen gehabt hätte, ich hätte mich nicht wehren können, als sie die Bettdecke zurückschlug und mir die Schlaf-anzughose herunterzog. Und ich dachte, ohne ihren Seitenaufprallschutz, ohne Seitenaufprall-schutz ihres Wagens wäre ich tot. Und jetzt darf erst mal alles sein. Und ich weiß nicht mehr, ob das Gefühl so tat, als sei es etwas wie Liebe. Oder ob ich das nur irgendwie verwechselte. Als es plötzlich verschwunden war, hatte ich das Gefühl, sie sei wieder eine andere.

— Das kenn ich, eine Frau, plötzlich wie zurück-verwandelt. Die negative Verzauberung.

— Ich sah in ihr plötzlich wieder die Frau, die mir gar nicht so besonders gefiel. Nach der ich mich trotzdem sehnte. Eine, die mich jederzeit hätte verführen können, aber keinen Charakter-test bestanden hätte.

— Ach, habe ich denn deinen Charaktertest bestanden? Und bestehst du deinen eigenen Cha-raktertest?

—Trudeln, eiern, schlingern. Das ist dein Charakter. Und meiner hinkt. Na ja, ich versuche ja nur herauszufinden, was uns dann dazwischenkam. Auf einem Sommerausflug, lange vor dem Unfall, trug sie weiße Turnschuhe, ohne Strümpfe, ihre braunen Füße steckten, daran mußte ich dann immer wieder denken, nackt in den Schuhen. Und ich überlegte, ob ich nicht vielleicht doch schon vorher in sie verliebt gewesen bin.

—Du bist doch sentimental. Sagen nicht alle Paare, irgendwann, daß sie sich eigentlich nicht mögen? Oder wolltest du heiraten, um das herauszufinden? Das Bemühen, die Defekte des eigenen Charakters zu verbergen, läßt mit der Zeit doch stark nach. Wird durchschaubar. Oder hört ganz auf.

—Kerstin, das war schon vor Jahren, wollte ja immer, daß ich es mal mit einer Therapie versuche. Und nicht mehr mit ihr.

—Glaubst du nicht, daß man alle paar Jahre neu anfangen muß, sich häuten, aus jeder Gewohnheit herausmuß? So wie nach der Schule und dann wieder nach dem Studium?

—Ist das jetzt wieder deine Geschichte vom sozialen Tod, den man alle paar Jahre sterben muß? Manche Menschen, dich zum Beispiel, darf man wirklich nicht zu lange kennen. Sonst erzählen sie einem alle Jahre lang die gleichen Geschichten.

—Über den Verlust deiner Bekanntschaft wäre ich natürlich sehr traurig.

—Ohne den Seitenaufprallschutz in ihrem Wagen wär ich eh tot, ich brauch nicht auch noch den sozialen Tod dazu.

—Ich wäre ganz bestimmt traurig, ehrlich.

—Habt ihr was Geheimes zu besprechen?

—Wir bewundern nur deine Möbel. Wo hast du die eigentlich her?

—Und woher kennst du die Musiker? Die waren gut.

—Aus dem Collegium. Und die Möbel sind vom Trödler, ein paar Stücke habe ich geerbt.

—Ich weiß auch nicht, was los ist, ich hab das Gefühl, sie wäre gegangen und hätte die Tür nicht zugemacht. Es zieht.

—Ich finde es wichtig, auf den Platten auch zwischendurch Ordnung zu machen. Das ist nicht nur bei einem großen kalten Büfett wichtig.

—Du hast dir aber viel Arbeit gemacht.

—Ach was, das meiste kommt ja aus dem Feinkostladen, unten an der Ecke. Ohne das Geschäft würde ich hier nicht überleben.

—Der Schinken ist sehr, sehr gut. Aus Spanien?

—Ich glaub schon, Pele hat ihn aus Portugal mitgebracht. Er ist ja oft in Lissabon.

—Deine Krücken haben aber eine tolle Farbe.

—Ich hätte eigentlich lieber Rosa. Dann wären es die perfekten Tuntenkrücken, weißt du. Aber Türkis ist ja auch sehr schön. Willste mal?

—Was klopft hier eigentlich immer so?

—Wenn es regnet, tropft Wasser aus der Dachrinne.

—Ja. Wir konnten's nicht überhören. Hat auch dem Hauskonzert einen ganz eigenen Rhythmus gegeben.

—Das hab ich ja nun leider verpaßt.

—Schau, es gibt noch einen Programmzettel. 1. Satz Amerikanisches Streichquartett. Und Hindemith, Kaisermarsch. Das Stück mit der festgefrorenen Ventilklappe, die vom Cello gespielt werden muß.

—Wo kaufst du dein Pesto, Mara?

—Na, unten, in dem Laden an der Ecke. Oder in Mitte.

—Wer etwas anderes als Olivenöl, Nüsse und Käse verwendet, ist ein Verbrecher. Parmesan, sardischen Pecorino und Knoblauch. Sonst nichts.

—Und Pinienkerne?

—Pinienkerne, ja, das geht vielleicht noch. Erdnüsse aber sind blanker Verrat.

—Er soll mal nicht übertreiben. Sein Pesto schmeckt auch bloß nach gemähtem Rasen.

—Als hätte es offen in einer Raucherwohung
gestanden.
—Pesto? Welches Pesto?

Der Autor dankt der Senatsverwaltung für Wissenschaft, Forschung und Kultur Berlin für die Förderung der Arbeit an diesem Buch, Dank auch an Ulrike Schieder.

PIPER

Stefan Beuse
Die Nacht der Könige

Roman. 212 Seiten. Geb.

»Der Stärkere wird gewinnen, sagte Korff scheinbar ohne
jeden Zusammenhang; er sah ihn dabei direkt an, und
Winter spürte, wie sich seine Kehle zuschnürte.«
Eigentlich ist die Werbekampagne für Jakob Winter bloße
Routine. Doch sein Auftraggeber Korff verhält sich
während des ersten Termins merkwürdig vertraulich, er
scheint Winter zu kennen. Auch Korffs junge, schweigsame
Assistentin Lilly irritiert ihn. Ihre Haare fallen ihr wirr und
schwarz ins blasse Gesicht, und es kommt ihm vor, als
beobachte sie ihn; es geht eine Faszination von ihr aus, der
sich Winter nicht entziehen kann. Als er den beiden abends
in einem Restaurant wiederbegegnet, will Winter noch an
Zufall glauben. Aber dann spielt Lilly ihm eine Video-
cassette zu, die ihn mit einem Erlebnis aus seiner Vergangenheit konfrontiert: Während die rätselhaft verstörenden
Bilder vor seinen Augen ablaufen, beginnt Winter zu
spüren, daß seine Geschichte untrennbar mit Lillys
Schicksal verbunden ist.
Wie einen Fiebertraum erlebt Stefan Beuses Held die
Ereignisse dieser sieben Tage. Begierde und Abenteuerlust
gerinnen bald zu existentieller Angst.

PIPER

Julia Schoch
Der Körper des Salamanders

Erzählungen. 172 Seiten. Geb.

Sie reisen in entlegene Winkel am Schwarzen Meer, um
Pelikane aufzuspüren und über die Freiheit zu reden. Sie
begegnen sich auf Rummelplätzen wie Figuren aus einem
vertrauten Märchenstück. Und wagemutig bringen sie auf
nebeldichten Havelseen ihr Ruderboot zum Kentern, um
endlich dem wahren Leben näherzukommen. – Die Helden
und Heldinnen in Julia Schochs Geschichten entwerfen ihr
Dasein mit Verstand und Phantasie nach eigenen Regeln,
sie suchen das Glück und finden dabei nicht zuletzt die
eigene Vergangenheit: eine untergegangene Welt im Osten,
deren seltsam entrückte Vertrautheit und tragikomischen
Momente.
Julia Schoch erzählt von Liebe und Vergänglichkeit. In
dem souveränen, kraftvollen Rhythmus ihrer Sätze liegen
Humor und Poesie, Härte und Sinnlichkeit untrennbar
miteinander verbunden.

PIPER

Doja Hacker

Bin ich böse

Roman. Ca. 208 Seiten. Geb.

Was soll das denn sein, ein guter Mensch mit einem
schlechten Charakter? Immer macht Marie diese rätselhaf-
ten Andeutungen über mich. Und daß sie sich nun so gut
mit Hanna versteht, wird mir allmählich unheimlich. –
Friedrich, Kaufmann vom alten Schlag, ist es gewohnt, die
Fäden in der Hand zu halten. Das tut er mit der ganzen
Nonchalance seines Alters. Vielleicht ist er deshalb auf die
tollkühne Idee gekommen, die beiden Frauen miteinander
bekanntzumachen. Vielleicht ist Friedrich aber einfach nur
nachlässig, Kleinigkeiten sind nie seine Sache gewesen,
und am Ende ist er doch immer Herr der Lage geblieben.
Aber genau für diese Kleinigkeiten interessieren sich seine
Frau Hanna und seine Geliebte Marie – und beide halten
noch eine kleine Überraschung für Friedrich bereit.
In Doja Hackers hintergründigem neuen Roman ist niemandem wirklich zu trauen, am wenigsten dem glücksu-
chenden Friedrich, der bis zuletzt glaubt, ein Doppelleben
sei eine einfache Sache.

PIPER

Falko Hennig
Trabanten

Roman. 287 Seiten. Geb.

»Das Sandmännchen kam jeden Abend im Fernsehen, es
kam mit einem Hubschrauber, mit einem Straßenreini-
gungswagen und sogar einmal mit einem Trabant Kombi,
wie wir ihn hatten.« Opas Saporosch, der knatternde
Motorroller Troll des Vaters und der Trabant der Mutter –
vom ersten Tag an rollen Fahrzeuge durch Henry Täuflers
Leben. Und wenn er nachts durch sein Fenster auf den
Berliner Ring blickt, kann er die gelben Lichter der vorbeifahrenden französischen Autos sehen. Autos bestimmen
seine Liebe zu Daniela ebenso wie sein brüchiges Verhältnis
zu Erich Honecker.
Doch womöglich hat Henrys seltsame Leidenschaft gar nicht
soviel mit den Autobahnausblicken und dem Trabant Kombi
seiner Mutter zu tun. Vielleicht liegen die Wurzeln seiner Faszination ja tief in der Vergangenheit. Es gibt nämlich eine
heimliche Verbindung zwischen ihm und einem gewissen
Wernher von Braun, der im Auftrag des Führers mit selbstge-
bastelten Raketen experimentierte – die beiden teilen mehr
als nur eine Leidenschaft.